AF222354

Danksagungen

Ich danke dem einen Gott, der mich seither begleitet. Ich danke meinem Mann, der mir das Wichtigste in meinem Leben ist. Auf dein Dasein kann ich immer bauen. Ich liebe Dich von ganzem Herzen! Danke an meinen Bruder Beyazit, der mir die Idee gab ein Buch zu schreiben. Danke dir für die Zeit, die du opfern musstest, denn ich weiß, du hast nur wenig davon. Danke an meine liebe Familie, die trotz meiner nervigen Art immer an das Gute in mir glaubt. Ich liebe euch! (Kübra, Mama, Easy und Nesli) Einen großen Dank an meine liebe Elli. Du bist etwas ganz Besonderes für mich! (Hadigadoli) Danke an meinen Nagi Abi, der mir immer mit Tat und Kraft zur Seite steht! Danke an meine drei Freundinnen, die unterschiedlicher nicht sein können. Auf weitere 25 Jahre und mehr! (Zeli, Sennur und Züli) Danke auch an die Jungs vom My Coffee. HOUFI!

Autorenportrait

Aslihan Castillo, die 1978 in Hannover geboren ist, ist seit fünf Jahren mit einem Dominikaner verheiratet. Die gelernte Arzthelferin macht sich ihre türkische Herkunft zu Nutzen und veröffentlicht mit unvergleichbarer Sympathie und Fantasie ihr erstes Buch.

Aslihan Castillo

Schlank verliebt, dick geliebt

für Juan

Endlich Wochenende! Es ist Freitagabend. Was ziehe ich an? Die besagte Frage stellte ich mir täglich. In welche Hose passe ich heute nicht rein? Welche Bluse ist mir heute zu eng? Der Albtraum jeder einzelnen Frau! Doch heute musste ich irgendwie etwas finden, wo ich mich wohlfühlen musste. Heute Abend gehen meine Freundin Angelique und ich tanzen. In eine bekannte Latinodisco. Meine Freundin ist jedes Wochenende Gast dort, doch für mich sollte es das erste Mal sein. Ich verbrachte meine Abende lieber zu Hause in meinem weiten Pyjama vor dem Fernseher. Eine Tüte Chips war immer dabei. Doch heute hatte ich es Angelique versprochen. Heute gehen wir aus und machen das Beste draus. Ich zog eine schwarze Leinenhose und eine schwarze Tunika an. Schwarz macht schlank! Wir trafen uns immer vor meiner Haustür. Angelique wohnte zwei Straßen weiter entfernt von mir und sie hatte einen kleinen Ford Ka. Ich fuhr überall mit der Straßenbahn hin, daher holte sie mich ab. In der Diskothek angekommen, fühlte ich mich unwohl, ich passte hier einfach nicht herein. Ich passte nirgendwo herein. Nicht in ein Café, nicht in ein Restaurant, geschweige denn in eine Disco. Meiner Freundin hingegen machte es richtig Spaß, sich zu präsentieren. Sie war 1,70 m groß, trug Konfektionsgröße 36 und hatte einen Brustumfang von mindestens 90 cm. Alle Blicke gingen in ihre Richtung, ob männlich oder weiblich. Sie hatte eine Jeanshose mit einem weißen Bustier drüber. Keinen BH, wo ihre Brustwarzen jeden einluden! So ist sie nun mal. Sie ist meine beste Freundin, wir kannten uns seit dem Sandkastenalter und hatten uns immer gut verstanden. Wir stellten uns vor die Tanzfläche und sahen einem Paar zu, das wunderbar tanzte. Der Mann bewegte die Frau wie eine Feder von links nach rechts. Die Frau war wesentlich größer als er, aber trotzdem klappte es. Ich würde wohl nicht mit ihm tanzen. Er hatte eine Solariumbräune, seine schwarzen, gegelten Haare waren zu einem Zopf gebunden, seine Größe höchstens 1,60 m, und über seine enge Hose möchte ich gar nicht berichten. Meine Freundin wurde sofort zum Tanzen aufgefordert. Sie tanzte seit Jahren und sie konnte es wirklich gut. Das Einzige, was mich stören würde, dass die Männer sie immer überall anfassten, und sie flirtete mehrfach mit jedem. Was sagt sie immer? „Nimm alles mit, was du kriegen kannst, bevor du alt bist." Das ist zwar nicht mein Motto – aber ich respektierte ihr Leben!

Ich sollte auch mal lernen zu tanzen, wenigstens um sportlich zu werden. Vom Tanzen nimmt man sicherlich ab. Damit sollte ich auch schnell anfangen. Ich wog 107 Kilo bei einer Körpergröße von 1,68 m. Ich hatte mindestens 30 Kilo Übergewicht. Doch loswerden konnte ich sie nicht.

Seit meinem zwölften Lebensjahr kämpfte ich mit meinen Pfunden, doch erreicht hatte ich nichts. Eher hatte ich das Gefühl, dass ich jedes Jahr dicker wurde. Jede Nacht nahm ich mir vor, am nächsten Tag weniger zu essen, doch ich aß mehr. Wenn ich fettarm kochte, bekam ich Heißhunger auf Süßes. Ich trank Säfte statt Wasser.

Ich wusste einfach nicht, wo ich anfangen sollte, und ließ es dann ganz sein.

Also kam ich zu dem Entschluss, dass ich es mit dem Tanzen sein lassen sollte. Wie sollte man auch eine Stadtmauer bewegen können?

Gegen 4 Uhr morgens war meine Freundin bereit, nach Hause zu gehen. Zu Hause zog ich meinen zu weiten, großen Pyjama an und legte mich mit knurrendem Magen in mein Bett. Doch mein Hungergefühl ließ mich nicht in Ruhe und ich machte mir die Spaghetti mit einer Zucchini-Sahne-Soße vom vorigen Tag warm. Mit vollem Bauch schlenderte ich in mein kuscheliges Bett und nahm mir vor, den ganzen nächsten Tag zu faulenzen!

Am nächsten Morgen blieb ich lange im Bett, zappte im Fernsehen herum und guckte wie jeden Sonnabend Serien im Fernsehen. Hübsche Frauen mit superlangen Beinen, die jeden Mann bekamen, den sie wollten. Warum drehte niemand über dicke Frauen eine Serie? Ich meine, es gibt doch bestimmt Männer, die sich auch darüber freuen würden. Man könnte es ja mal ausprobieren und die Quoten beobachten. Ich hätte Schauspielerin werden sollen. Stattdessen arbeitete ich in einem Callcenter, wo man sich wirklich nur mal auf die Toilette bewegte.

Bei den vielen Gedanken, die ich hatte, hörte ich nach einem langen Klingeln das Telefon. Meine liebste Freundin Angelique war dran, sie war hellwach und erzählte mir von ihrem wunderbaren Abend gestern. Der Mann, mit dem sie gestern zuletzt getanzt hatte, ja mit dem hatte sie sich für heute Abend verabredet und sie brauchte unbedingt etwas Aufreizendes zum Anziehen. Sie überredete mich, mit ihr in die Stadt zu gehen. Sie meinte, dass wir beide uns etwas Tolles kaufen würden und alle Männer sich nach uns umdrehen würden. Natürlich wusste ich, dass es für sie wahr werden würde, doch ein Gedanke, der mir gefiel und ich mich überraschen lassen wollte.

Nach langem An- und Ausziehen gefiel auch bei dem siebten Laden ihr nichts. Entweder war für sie alles zu lang oder zu groß oder zu dezent.

Zu groß könnte für mich niemals in Frage kommen, eher zu eng! Im achten Laden hatte sie dann auf Anhieb ein Kleid gefunden. Es war ein rotes Minikleid mit einem Dekolleté, wo ihre Brüste halb herunterkullerten. Doch das war ihr Stil, möglichst viel Haut zeigen.

Jetzt war ich wohl endlich an der Reihe. Es gab nur einen Laden, wo ich einkaufte, denn da gab es nur meine Größe. Doch Angelique konnte nicht mehr gehen und musste unbedingt eine Pause einlegen. Wir gingen in unser Lieblingscafé, das wir vor einem Jahr entdeckt hatten. Es gehörte zwei Brüdern, die supernett waren. Meine Freundin flirtete immer gerne mit beiden. Sie sagte immer, wer sie zuerst zu einem Date einlädt, der hat gewonnen, so lange könnte sie beiden den Kopf verdrehen. Nur dass sie seit einem Jahr keiner angesprochen hatte, das hatte sie wohl verdrängt. Schnell wurden unsere Bestellungen aufgenommen. Ich bestellte mir ein Ginger Ale und Angelique einen „Pfosten macchiato". Dabei ließ sie sich erklären, was es denn für einen Unterschied zum Latte macchiato gäbe. Dieser sei mit Nutella und Sahne verfeinert.

„Ich liebe Sahne", sagte sie schließlich. „Wie peinlich", dachte ich mir. Nach zwei Stunden Pause gingen wir schließlich nach Hause, ohne für mich etwas gekauft zu haben. Sie hatte ja schließlich ihr Kleid und ich gar nichts. Mein besonderer Laden schließt wohl eher als die anderen Läden der Stadt. So musste ich mir etwas für den Abend zusammenreimen.

Pünktlich um 23 Uhr stand Angelique unten vor meiner Haustür. Sie sah toll und billig zugleich aus. Ich hatte ein schwarzes knielanges Kleid an. Schon wieder die besagte Farbe, doch ich hatte wirklich nicht viel Auswahl. In der

Diskothek angekommen, stellten wir uns wie gestern vor die Tanzfläche. Meine Freundin traf ihre Verabredung und verschwand kurz danach. Ich für meinen Teil setzte mich auf einen Stuhl, wobei ich einen Mann bemerkte, der wunderbar tanzen konnte. Er war ziemlich groß, hatte eine dunkelbraune Hautfarbe und sah wirklich nicht schlecht aus. Sein Körperbau ließ für sich sprechen. Er hatte eine helle Jeanshose an und ein weißes Hemd darüber. Er bewegte sich so locker zur Musik, mit viel Hingabe und Leidenschaft. Seine Tanzpartnerin war alles andere als passend für ihn. Sie hatte einen sehr kurzen Jeansrock an und ein bauchfreies, pinkes Top. Das hätte sie lieber nicht tun sollen. Wenn sie sich bewegte, bewegte sich ihr Bauchspeck mit. Aber, Hut ab, sie war ganz schön mutig. Ich hätte mich das niemals getraut. In dem Moment schaute er zu mir rüber und zwinkerte mir zu. Hatte er ehrlich mich gemeint? Ich drehte mich um, mit der Hoffnung, hinter mir steht keiner. Doch es war ein Paar, das wohl nur sich in den Augen hatte. Als ich meinen Kopf zurückdrehte, stand er plötzlich vor mir. „Möchtest du mit mir tanzen?", fragte er mich. Meinte er wirklich mich? „Ich kann nicht tanzen", antwortete ich. „Das sollst du auch nicht, nur vielleicht das Nötigste", sagte er. Er nahm meine Hand und zog mich hinter sich mitten auf die Tanzfläche. Er nahm meine rechte Hand, legte sie auf seine Schulter und legte seine linke Hand auf meine Taille, die nicht existierte. Ich guckte immer nur auf seine Füße und versuchte, mit ihm mitzuhalten. Es klappte nicht schlecht, bis ich ihm auf die Füße trat. Er guckte mir dauernd in die Augen und lächelte mir zu. Doch ich wurde immer nervöser. Meine Hände fingen an zu schwitzen, meine Knie zitterten und ich spürte meine Arme nicht mehr, und so löste ich mich von ihm. „Danke, aber ich muss jetzt gehen", sagte ich. „Gut, dann bis nächste Woche", sagte er. Nächste Woche? Soll das eine Verabredung sein? Wie sollte ich das verstehen? Ich suchte Angelique, doch sie war nicht zu finden. Also beschloss ich, alleine nach Hause zu fahren. Auf dem Weg zur Bahnhaltestelle sah ich eine Gruppe von Männern, die wohl nicht wussten, wann das Maß voll sein sollte mit Alkohol. Sie riefen mir Komplimente zu. Wenigstens betrunkene Herren machten mich an. Was für ein Glück ich doch hatte!

Am nächsten Mittag traf ich mich mit Angelique zum Essen. Wir waren in einem kleinen Italiener, der eine schöne, große Sommerterrasse hatte. Ich liebte es, hier im Sommer zu sitzen und einen Lambrusco zu trinken. Viele sagten dazu auch Pennerwein, doch mir schmeckte es. Ich trank kaum Alkohol, doch dieser Wein schmeckte mir. Wir beide bestellten uns Spaghetti Rotonda. Es waren Spaghetti mit Rinderfiletspitzen in einer Sahne-Tomaten-Soße mit Zwiebeln verfeinert. Es war Fett pur. Doch heute hatte ich großen Hunger! Angelique erzählte mir ihre gestrige Nacht, wo sie aufgewacht war, und dass es ihr leid tat, weil sie mir nicht Bescheid gegeben hatte, als sie verschwand. Ich versicherte ihr, dass ich nicht sauer sei. Ich erzählte ihr nichts von dem Herrn, mit dem ich mich wohl für die nächste Woche verabredet hatte!

Am nächsten Tag auf der Arbeit dachte ich nur über den unbekannten Herrn nach. Er ging mir einfach nicht aus dem Kopf. Wieso steigerte ich mich denn so sehr in eine Sache hinein, die nicht mal redenswert war? Wie alt war er wohl? Aus welchem Land kam er? Wie hieß er? All diese Fragen musste ich wissen. Ich würde am Freitag wieder hingehen. Doch ich hatte ihn an einem Samstag dort gesehen. Ich werde wohl zwei Tage hingehen müssen. Das nahm ich mir vor. Angelique würde sowieso mitkommen! Also brauchte ich noch ein paar schöne Kleider! Ich sollte heute mit einer Diät anfangen. Dann sieht er, wie ich immer schlanker werde, und er wird anfangen, mich vielleicht irgendwann sexy zu finden. Der Gedanke abzunehmen bereitete mir diesmal keine Furcht. Irgendwie hatte ich das Gefühl, dass ich es diesmal tatsächlich schaffen würde. Nach Feierabend kaufte ich mir viel Obst und machte mir einen Obstsalat. Heute hatte ich zwei Scheiben Brot und Obst gegessen. Das ist für den Anfang gar nicht schlecht, sagte ich zu mir.

Wenn ich irgendwann eine Fee treffen und sie mir einen Wunsch schenken würde, dann wusste ich genau, was ich mir wünschte: Ich würde so gerne in Größe 40 reinpassen, liebe Fee. Sicher sollte ich lieber den Weltfrieden wünschen, doch was hätte ich denn davon? Böse Menschen kommen schnell wieder und mein Wunsch war umsonst. Also bitte die Kleider in Größe 40!

Ich muss einfach abnehmen ab jetzt, jetzt werde ich es schaffen! Am Freitagabend gehe ich wieder aus, da muss ich mindestens drei Kilo verloren haben. Das bekomme ich schon hin, dann esse ich ab morgen eben nichts mehr. Danach suche ich den unbekannten Herrn, und er wird mich Woche für Woche sehen, und dabei fällt ihm sicherlich auf, dass ich dünner und dünner werde. Was ist, wenn er mich gar nicht mehr beachtet? Was wird, wenn er mich noch nicht mal ansieht? Oder wenn er eine Freundin hat, die er dann immer mitbringt? Nein, das wird alles nicht passieren, er wird mich sehen und auch wieder ansprechen. Ich werde nur noch positiv denken und den Freitag herbeisehnen!

Wenn ich dann am Ende mein Wunschgewicht habe, dann kaufe ich mir ein farbenfrohes Kleid mit einem tiefen Ausschnitt am Dekolleté! Oder lieber nein, das muss nicht sein, das wirkt zu billig, und regte ich mich nicht immer über Angelique auf, wenn sie so was anzog? Also sollte mein Kleid dezent und sexy zugleich sein!

Am nächsten Morgen wachte ich mit einem knurrenden Magen auf. Ich ging ins Badezimmer und putzte mir die Zähne. Unter der Dusche beobachtete ich nochmals meine Figur mit dem vielen Speck, mit den Dellen auf den Beinen, die man auch Cellulite nennt. Alles hat bald ein Ende. Wie kriege ich denn die Cellulite weg? Zum Wegoperieren, da fehlt mir das nötige Kleingeld. Vielleicht sieht man es ja nicht mehr, wenn ich abgenommen habe. Auf dem Weg zur Arbeit überlegte ich, dass ich über einen Arbeitswechsel nachdenken sollte.

Ich hatte keinerlei Bewegung auf der Arbeit, ich saß acht Stunden lang, machte davon eine Stunde Pause auch im Sitzen und aß nebenbei noch Süßigkeiten. Kein Wunder, dass ich über 100 Kilo wiege!

Also saß ich jeden Tag aufs Neue in meiner Box und gab Auskünfte über Lebensmittel, die nicht dem Kunden entsprachen. Wie spannend! Ich muss mein Leben umkrempeln, ich muss kündigen und etwas Durchgeknalltes tun. Vielleicht sollte ich verreisen oder ich sollte auswandern und ein neues Leben in einem anderen Land aufbauen. Nur ein Problem gab es da schon: Wie sollte ich das alles ohne Geld machen? Ich sollte mir alles in Ruhe überlegen. Mir einen bestimmten Plan erstellen und vielleicht noch ein paar Monate arbeiten, für mein neues Leben sparen. Mein neues Leben! Wollte ich denn ein neues Leben? Es ging mir doch so weit gut. Was mich störte, waren meine Pfunde und die werde ich jetzt auch wegbekommen. Also wozu die ganzen Gedanken? Ich gehe nirgendwohin, ich bleibe hier!

Freitagabend hoffte ich, ein wenig abgenommen zu haben. Ich stellte mich auf die Waage und siehe da, tatsächlich waren es drei Kilo weniger. Ich glaubte meinen Augen nicht. Drei Kilo! An meinem Bauch merkte ich gar nichts. Ich zog eine Jeans an, und tatsächlich merkte ich, dass mein Bauch flacher war. Keine Fettröllchen mehr über der Jeans. Was drei Kilo ausmachten! Ich nahm mir vor, dass ich mir heute besonders Mühe mit meinem Styling geben würde. Heute wird der unbekannte Mann mich wieder ansprechen und mit mir tanzen wollen.

Fertig für den Abend waren meine Freundin und ich wieder in der Disco, am gleichen Platz und mit denselben Getränken in der Hand. Sie eine Flasche Bier und ich einen Apfelsaft. Meine Blicke suchten den unbekannten Herrn. Wie heißt er wohl? Es war kurz nach 23 Uhr, viel zu früh. So früh kommen doch nur die Leute hin, die entweder einsam sind oder nichts zu tun haben. Er kommt heute bestimmt nicht, heute, wo ich doch so schön abgenommen hatte. Wahrscheinlich würde er das noch nicht einmal merken, Hauptsache, ich merkte das. Ich sollte die Nacht besser genießen und fing an im Stehen zu tanzen, so wie alle das hier machten, nur dass ich mir albern dabei vorkam. Als ob ich tanzen könnte. Schon gar nicht Salsa! Meine Freundin wurde sofort zum tanzen aufgefordert. Sieht mich denn keiner? „Hallo, ich habe drei Kilo abgenommen, das muss doch gefeiert werden!" Neben mir stand jetzt ein großer schwarzer Mann, der gut gebaut war. Ich merkte, wie er näher an mich rankam, zu nah für meine Begriffe.

Ohne ein Wort zu verlieren, streckte er seine Hand in meine Richtung aus, dabei zuckte ich sofort zurück. Er lächelte und versuchte nach meiner Hand zu schnappen. Ich ging einen Schritt zurück, wobei ich mir mein Getränk auf meine Kleidung schüttete. Mein schlimmster Albtraum, ich dachte, jetzt fehlt nur noch, dass ich hinfalle. Ich traute mich gar nicht hochzublicken, ich stand reglos da und versuchte, gegen die aufsteigenden Tränen zu kämpfen. In dem Moment kam Angelique und nahm mir mein Glas aus der Hand und stellte es auf einen Stehtisch. Ich überlegte, ob der Tisch die ganze Zeit da gestanden hatte. Wenn ja, warum hatte ich mein Glas nicht daraufgestellt und mir die Peinlichkeit erspart? Angelique nahm mich an der Hand und wir verschwanden in der Toilette. Mein Blick war nur auf den Boden gerichtet, ich hatte das Gefühl, als ob alle über mich lachten. Die tollpatschige dicke Frau!

Angelique wischte mir den Saftfleck aus meinem neu gekauften Kleid heraus. Mein Kleid war wenigstens nicht so billig gewesen wie das, was sie anhatte. Bei ihr wusste man nicht, ob sie nur eine Nacht ausgeht oder ob sie jede Nacht so arbeiten geht. Was dachte ich nur da? Ich machte meine Freundin zu einer Nutte! „Danke", sagte ich schließlich. „Ach, wozu sind denn Freundinnen da?", antwortete sie. Mit einem schlechten Gewissen befand ich mich wieder da, wo die Peinlichkeit angefangen hatte, doch irgendwie interessierte sich auch keiner für mich!

Sofort stand der große schwarze Mann wieder an meiner Seite. Diesmal fragte er mich, ob ich mit ihm tanzen würde, doch ich lehnte dankend ab. Doch er hörte nicht auf zu fragen. Ich ignorierte ihn förmlich, doch es half nicht. Er sagte, wie toll er mich fände und wie schön ich sei. Wenn ich nicht mit ihm tanzen würde, dann würde er an gebrochenem Herzen sterben. Was für ein kitschiger Satz! Dann sollte er eben sterben. Musste mir gerade ein Mann die Komplimente machen, dem der Schweiß in den Mund tropfte? Ich drehte mich weg von ihm. Somit sollte er mich endlich in Ruhe lassen. Dann sah ich ihn, den unbekannten großen Mann. Er kam auf mich zu und lächelte dabei. Gleich würde ich ohnmächtig hinfallen.

„Wie geht es dir?", fragte er mich. „Danke gut." Los, frag ihn, wie es ihm geht, sagte ich zu mir. Stattdessen drehte ich meinen Blick wieder weg von ihm und guckte auf die Tanzfläche. Ich wusste nicht, was oder wen ich beobachtete, doch eins war klar: Er musste denken, dass ich die Eingebildetheit in Person bin. Wie unhöflich, meinen Blick einfach abzuwenden. „Möchtest du tanzen?", hörte ich ihn fragen. Es klang wie ein Echo. Hatte ich mir diesen Satz eingebildet? Ich drehte mich zu ihm um und wartete, dass er mich noch einmal fragte, damit ich mir auch sicher war. Daraufhin nahm er meine Hand und zog mich hinter sich auf die Tanzfläche. Mit der einen Hand umklammerte er meine Hüfte, mit der anderen zog er mich an sich. Diesmal stellte ich mich nicht mal schlecht an. Ich versuchte, seinen Blicken auszuweichen, so gut es ging, aber das schaffte ich ehrlich gesagt nicht. Ich richtete meine Augen an seine und er schaute mir ohne Zwinkern in meine Augen. „Wie heißt du?", fragte er schließlich. „Warum möchtest du das wissen?", kam meine Antwort. Was versuchte ich zu bezwecken? Sag doch einfach deinen Namen, du dumme Gans, sagte ich zu mir. „Damit ich den Namen von der schönen Frau weiß, die mir seit einer Woche nicht aus dem Kopf geht!" „Was?" Das Wort kam so schnell aus meinen Lippen, dass ich es nicht stoppen konnte. „Verrätst du ihn mir jetzt?", fragte er wieder. „Wenn du mir zuerst deinen nennst." Was in Gottes Namen versuchte ich da zu bezwecken? Wieso sagte ich ihm nicht meinen Namen und Schluss mit dem kindischen Experiment! „Benito", sagte er schließlich „Mein Name ist Benito."

Was für ein außergewöhnlicher Name, wie er selbst auch. „Ich heiße Melis." Somit war das Geheimnis gelüftet. „Freut mich, Melis, dich kennenzulernen", sagte Benito. Doch ich schwieg nur. Wir tanzten die ganze Nacht hindurch. Als die Lichter hell aufleuchteten, wurde mir klar, dass nur noch wir zwei auf der Tanzfläche standen. Ich schaute mich nach meiner Freundin um, die sich schon am Ausgang bereithielt. Benito fragte mich, ob ich nächste Woche Freitag wieder hier bin? Ich zuckte nur mit den Schultern. Jedenfalls würde er sich freuen, wenn ich kommen könnte, denn er würde warten. Dann nahm er meine Hand, bedankte sich für den Abend. (Für die Nacht, dachte ich.) Ich lächelte ihn an und ging zu meiner Freundin, die schon gespannt auf mich wartete. Kaum waren wir draußen, überschüttete sie mich mit Fragen. Ich meinte nur ganz locker, dass wir uns nächste Woche Freitag wieder sehen. Eine Woche, um genau noch weitere Kilos zu verlieren!

Am nächsten Morgen wachte ich mit einem komischen Gefühl im Bauch auf, das irgendwie wehtat. Irgendwie hatte ich Hunger, und irgendwie auch nicht. Ich ging in die Küche und überlegte, was ich essen könnte. Irgendwas musste ich doch zu mir nehmen. Das tat ich doch immer, wenn ich aufstand! Doch ich hatte keinen Hunger, und das war wirklich etwas Neues in meinem Leben. Oder hatte ich Schmetterlinge im Bauch? Bin ich schon verliebt? Ich ging ins Badezimmer und stieg auf die Waage. 103 Kilo zeigte sie an. Ich hatte noch ein Kilo verloren. Ich traute meinen Augen nicht. Nimmt man vom Tanzen ab? Ich nahm mir vor, öfter zu tanzen. Benito würde mich schon führen. Wenn ich drei Monate nichts mehr esse und jedes Wochenende tanzen würde, dann wäre ich sicherlich schneller schlank als gedacht. Dann gehe ich shoppen, nicht mehr in einen Laden, nein, in mehrere Läden, und vielleicht kann ich mir auch einen Bikini leisten. Wer weiß, wer weiß!

Die Woche ging sehr langsam und mühsam für mich um. Ich versuchte nicht an Benito zu denken, aber das war kaum möglich. Denn ich dachte jeden angeborenen Tag, jede Stunde und sicherlich auch jede Minute an ihn. „Benito und Melis würden sich freuen, Sie auf ihre Hochzeitsfeier ..." Was? Ich schüttelte meinen Kopf. Komm zur Besinnung! So weit wird es nicht kommen, oder doch?

Endlich Freitag, doch mir war den ganzen Tag schlecht. War ich vom Anfassen schwanger? Jetzt spinne ich ganz. Ich hatte wenig geschlafen, das hilft mir vielleicht, gegen den Hunger zu kämpfen. Es war schon komisch, dass ich eine Woche lang keinen Hunger gehabt hatte, doch heute bekam ich Heißhunger. Ich sollte mich auf die Waage stellen, vielleicht hatte ich ein paar Kilo abgenommen. Das würde mich wieder anspornen, nichts zu essen. Ich wusste genau, dass es ungesund war, wie ich abnahm, doch es war mir egal. Ich wollte endlich schlank werden. Die Waage zeigte 98 Kilo an. Ich stieg ab und wiederholte den Durchgang. 98 Kilo. Ich hatte in einer Woche fünf Kilo abgenommen. Genau fünf Kilo. Insgesamt schon neun Kilo in zwei Wochen. Sofort war mein Hungergefühl wie weggeblasen. Was soll ich anziehen? Jetzt, wo ich doch abgenommen hatte, sollte es mir nicht schwerfallen, etwas Passendes zu finden. Jahrelang kaufte ich mir Kleider, die mir nicht passten, doch mit dem Gewissen, eines Tages abnehmen zu können. Ich ging zum Kleiderschrank, holte mir viele verschiedene Kleider heraus und probierte sie an. Ich zog ein Kleid nach dem anderen an. Schwierigkeiten mit dem Reißverschluss gab es keine. Sie passten mir auf Anhieb. Ich schaute mich im Spiegel an und fand, dass ich nicht schlecht aussah. Ich konnte es kaum fassen, ich hatte tatsächlich abgenommen. Andere Menschen würden sich über Geld freuen, über teuren Schmuck, ja sogar über eine Liebeserklärung. Doch ich freute mich über meine verlorenen Pfunde! Ich hatte neun Kilo Fett verloren!

Die Disco war überfüllt mit Leuten, die ich nie zuvor gesehen hatte. Die Tanzfläche füllte sich nach und nach mit tanzenden Partnern. Wussten denn alle Bescheid, dass ich heute mein erstes Date hatte? Jetzt nahm ich mich zu wichtig. Woher sollten es denn alle wissen? Es kannte mich ja niemand. War es denn überhaupt unser erstes Date? Zumindest waren wir doch verabredet. Also war es unser (mein) erstes Date. Er hatte mich doch heute sehen wollen. Gut, das hatte er nicht direkt ausgesprochen, aber er wollte mich doch heute anscheinend sehen. Ich hatte das Gefühl, als ob die Disco voller wurde. Wie sollte er mich hier finden? Heute, wo man wirklich sah, dass ich abgenommen hatte. Ich hatte ein schwarzes Kleid ohne Ärmel an, es war sehr schlicht, aber auch edel zugleich. Schwarz zeigt schlanker, also war es meine Lieblingsfarbe. Meine Haare waren streng nach hinten zu einem Pferdeschwanz gebunden. Ich hatte eine silberne Kette um und dazu passende Ohrringe dran. Meine Schminke war sehr dezent, aber auch sichtbar genug. Ich fühlte mich zum ersten Mal seit Jahren wohl. Jawohl, ich fühlte mich einfach gut. Falls er nicht kommt, ist es mir auch egal. War es denn wirklich so? Nein, ich wollte, dass er kam. Ich wollte es unbedingt. In dem Moment sah ich ihn. Er kam gerade zur Tür hinein. Begrüßte ein paar Leute und schaute zu mir rüber. Dabei lächelte er mich an und kam auf mich zu. Er hatte ein rosafarbenes Hemd an, dazu eine hellblaue Jeanshose. Seine braunen Schuhe passten hervorragend zu seiner braunen Lederjacke. Zu seiner Hautfarbe standen einfach alle Farben. Er gab mir seine Hand, zog mich an sich und küsste mich auf die Wangen. Mir wurde so heiß, dass ich bestimmt rote Wangen bekommen habe. „Du siehst wieder mal bezaubernd aus", sagte er. „Dankeschön, du aber auch", antwortete ich. Was für eine blöde Antwort, dachte ich, sagte man so etwas überhaupt zu einem Mann? Warum auch nicht, er

13

sieht gut aus, also sage ich das auch. Er zog seine Jacke aus und fragte mich, ob ich etwas trinken möchte. „Gerne", antwortete ich ihm, und er verschwand in der Menge. Ich überlegte, ob ich ihm gesagt hatte, was ich trinke. Vielleicht weiß er es ja? Woher sollte er es wissen? Naja, dann lass ich mich überraschen!

Ich suchte meine Freundin, die ich nicht gesehen hatte, seitdem wir hier angekommen waren. Sie hätte wenigstens warten sollen, bis sie Benito kennengelernt hätte. Aber so war sie. Sie hatte selbst noch nie eine feste Bindung gehabt. Sie ging jedes Wochenende aus, manchmal sogar in der Woche. Sie lernte mindestens einmal im Monat immer jemand anderes kennen. Ich wusste natürlich nicht, wie weit sie mit all ihren Bekanntschaften ging, doch sie schlief meistens immer bei ihnen. Ich fand es schade, dass sie sich damit zufriedengab. Sie war wirklich sehr hübsch, hatte eine super Figur. Sie hatte einen gut bezahlten Beruf und jede Menge Herrenbekanntschaften. Sie arbeitete in einem kleinen Café als Kellnerin. Sie hatte immer Frühschicht und jedes Wochenende frei. Das ist in der Gastronomie gar nicht üblich. Doch Angelique hatte mit ihrem Charme sogar das Unmögliche geschafft. Ihr gelernter Beruf war Reisekauffrau. Doch der war ihr zu langweilig. Hier hatte sie die Möglichkeit, jeden Tag neue Gesichter zu sehen. Sie machte ihren Beruf wirklich gut. Sie wusste sich in jeder Situation zu helfen. Ob ein Gast zufrieden war oder nicht, sie meisterte alles professionell. Mit einem Glas Apfelsaft stand Benito vor mir. Ich trank einen Schluck und überlegte, woher er wusste, dass ich gerne Apfelsaft trinke. Vielleicht konnte er ja Gedanken lesen oder er hat mich beobachtet, wenn ich an der Bar mir eine Glas Apfelsaft bestellt habe. Ich sollte zur Apfelschorle wechseln. Da ist doch weniger Zucker drin, und Wasser ist doch gesund. „Wie alt bist du?", hörte ich Benito fragen. „Ich weiß, man sollte Frauen nicht nach ihrem Alter fragen, doch ich würde es gerne wissen, weil ich mich sehr für dich interessiere und vieles von dir wissen möchte", sagte er.

Innerlich schrie ich vor Freude, ich wollte hochspringen und ihn in die Arme nehmen, küssen und gar nicht aufhören. Stattdessen sagte ich: „24."

Wie alt ist er wohl, überlegte ich. „Ich hatte dich auf 19

geschätzt", sagte er. So jung sah ich wirklich nicht aus, oder? „Ich bin 29", sagte er. „Auch wenn du nicht gefragt hast, wollte ich, dass du es weißt." Fünf Jahre Alterunterschied ist doch gut, dachte ich. Warum sagte er nichts darüber, dass ich meine Kilos verloren hatte? Gut, das war nicht viel, aber man sah es wirklich. Ich nahm doch für ihn ab. War das wirklich so? Ich tat es doch für mich. Ich wollte mindestens Größe 42 tragen. Mir schöne Kleider und Hosen kaufen. Ich wollte doch endlich wieder eine tolle Jeanshose anziehen. Eine, wo kein Fett hervorquoll. Einfach eine gute Figur haben. Auch wenn ich niemals wie ein Model aussehen würde, wollte ich mich wenigstens irgendwann wohl in meiner Haut fühlen!

Ich nahm nur für mich ab, doch durch Benito konnte ich mein Hungergefühl verdrängen, das war sicher. Da ich jeden Moment an ihn dachte, kam ich nicht zum Essen!

„Möchtest du tanzen?", fragte er. „Gerne", antwortete ich. Je mehr ich tanze, desto schneller werde ich abnehmen. Meine Gedanken waren durcheinander, ich wusste nicht mehr genau, über was ich mich freuen sollte. Darüber, dass ich endlich mal weniger wurde, oder über die Tatsache, dass sich Benito anscheinend für mich interessierte? Er sah mir tief in die Augen. Ohne einmal mit den Wimpern zu zucken, verlor er meine Blicke nicht. Ich fühlte mich in seinen Armen so wohl, er drehte mich, er bewegte mich, er fasste mir an die Hüften. Ich genoss jeden Schritt und jede Berührung. Anscheinend konnte ich besser tanzen. Nicht, dass ich ein Profi war, doch ich konnte mich besser bewegen als wie beim ersten Mal.

Ich war nicht mehr so steif und guckte nicht immer auf die Füße. Doch in seine Augen konnte ich auch nicht immer schauen. Er beobachtete mich durchgehend und ich war bestimmt ganz rot im Gesicht. Warum guckte er mich denn so an? Gefiel ihm etwas nicht? Stellte ich mich dumm an? „Du hast wunderschöne Augen", sagte er. „Sie verfolgen mich in meine Träume." „Was?", sagte ich. „Versteh mich bitte nicht falsch. Ich weiß, es ist derselbe Satz, den jeder Mann jeder Frau sagt, doch ich meine es so, wie ich es sage. Ich träume, seitdem ich dich gesehen habe, immerzu von deinen wunderschönen Augen." In dem Moment kam Angelique und forderte mich auf, nach Hause zu gehen. Ich stand reglos da, ich musste darüber nachdenken, was Benito mir gerade gesagt hatte und ich fand meine Freundin einfach unmöglich. Ohne dass sie Benito eines Blickes würdigte, ging sie an ihm vorbei. Ich verabschiedete mich von Benito, wobei er mir einen kleinen Zettel gab. „Das ist meine Handynummer. Ich würde mich freuen, wenn du dich schnell meldest." Ich nahm den Zettel, und Benito gab mir einen Kuss auf die Wange.

Ich ging Richtung Ausgang, wo meine Freundin erwartungsvoll auf mich wartete. Das dachte ich zumindest. Den ganzen Weg nach Hause fragte sie nicht ein Mal nach Benito. Sie erzählte nur von sich und den Bekanntschaften, die sie gemacht hatte.

Nachts im Bett dachte ich über die Sätze von Benito nach. Es klang wirklich ein wenig nach Kitsch für mich, doch ehrlich gesagt, es gefiel mir.

Ich hatte so etwas zum ersten Mal in meinem Leben gehört, und auch wenn es nur ein Spiel ist, ich werde mich darauf einlassen. Wann wäre der beste Zeitpunkt, ihn anzurufen? Sollte ich ein paar Tage warten? Er hatte doch gesagt, dass ich mich schnell melden sollte. Doch würde es nicht so aussehen, als ob ich sonst nichts zu tun hätte? Auch wenn es so wäre, das musste er doch nicht wissen. Ich entschied mich, für heute einzuschlafen und morgen darüber nachzudenken. Morgen oder besser gesagt, in ein paar Stunden werde ich wohl mehr wissen.

Den nächsten Tag ging ich ruhig an. Ich schlief lange aus, guckte fern und las ein wenig in meinem Buch über die Liebe. Die Liebe, die dort mit viel Schmalz erzählt wurde. Die Männer hatten Machosprüche und legten den Frauen die Welt zu Füßen. Also war wohl nicht nur mein Liebster allein auf der Welt. Den Frauen gefiel es, also war ich auch nicht allein auf der Welt. Liebe muss doch ein wunderbares Gefühl sein! Ich dachte doch nur noch an Benito; ob ich ihn schon liebte? Verliebt war ich sicherlich schon. Er war der erste Mann, der sich für mich interessierte, das war so, und mir gefiel es. Ich las sehr gerne Bücher. Bücher, wo es nur um die Liebe ging. Die Männer wurden dort immer sehr anziehend beschrieben. Auch wenn die Frauen nicht immer die schönsten waren, waren sie für jeden Mann sehr interessant. Heute sollte ich den ganzen Tag zu Hause bleiben.

Mir einen langweiligen Tag machen. Doch meine Gedanken waren nur bei der Telefonnummer, die ich in der Wohnung so hingelegt hatte, dass ich sie immer sah. Wenn ich jetzt anrufe, dann hat er vielleicht heute Zeit für mich und wir treffen uns noch am Abend! Doch wie sollte ich das anstellen, sollte ich ihn etwa fragen, ob er mich sehen möchte? Was ist, wenn er nicht drangeht? Oder vielleicht ist das nicht seine Nummer? Vielleicht hat er mir eine falsche Nummer gegeben. Warum sollte er das tun? Ich machte mir mal wieder Gedanken um nichts. Ich konnte ja nichts davon wissen, wenn ich es nicht ausprobieren würde. Ob er heute Abend wieder tanzen ist? Dann hätte er mir das doch sicherlich gesagt, oder? Jetzt spinne ich ganz. Warum sollte er das tun? Welche Verpflichtung hätte er, mir das zu sagen? Ich mache mich noch verrückt, ich sollte ihn einfach anrufen und es mit meinem Glück versuchen. In der einen Hand mein Handy, in der anderen Hand die Telefonnummer. Erst mal sollte ich die Nummer speichern, damit sie ja auch nicht verloren geht. Ich überlegte einen Kosenamen für ihn. Er war Benito, doch ich wollte ihn anders nennen. Er sollte einen bestimmten Namen haben, den nur ich wusste. Was würde wohl passen? Vielleicht Number one? Er war doch der erste Mann, in den ich mich verliebt hatte. Nein, er heißt Benito und so bleibt es auch.. Ich speicherte ihn als Benito in mein Handy, rief den Namen auf und drückte auf die grüne Taste. Mein Herz klopfte, mir wurde heiß an meinem ganzen Körper. Es klingelte ein-, zwei-, dreimal und ich legte auf. Warum hatte ich so schnell aufgelegt? Man lässt es doch immer länger klingeln. Zumindest im normalen Fall. Also, jeder normale Mensch hätte kein Problem damit. Nur ich stellte mich wie immer an.
Jetzt wird er wohl meine Nummer sehen und zurückrufen. Ich hätte wohl meine eigene Nummer nicht senden sollen. Aber wozu sollte ich das tun, ich wollte ja, dass er mich zurückrief. Das Problem war nur, dass er ja meine Nummer nicht kannte, und vielleicht war er auch nicht so neugierig und rief die unbekannte Nummer nicht zurück. Am besten, ich lasse es einfach auf mich zukommen. Ich für meinen Teil war immer neugierig, wenn ich eine unbekannte Nummer auf meinem Handy hatte. Ich rufe immer die Nummer zurück. Bis jetzt hatte mir das nie etwas genützt,

doch ich hoffte immer, dass mich mal jemand anruft, der mich kennenlernen könnte. Wie bescheuert sich das auch anhört, so denke ich. Heute verging die Zeit gar nicht, und ich hatte immer noch keinen Rückruf. Ich hatte solchen Hunger. Ob ich seit gestern noch ein Kilo mehr abgenommen hatte? Schnell stellte ich mich auf die Waage. Nichts war passiert, immer noch 98 Kilo zu sehen. Dann sollte ich heute wieder nur viel trinken, dann wird mein Hungergefühl schon vergehen. Ich dachte an Angelique. Sie hatte sich seit gestern nicht gemeldet. Sie hatte mich weder heute angerufen, noch ist sie vorbeigekommen. Das sah ihr nicht ähnlich. Sie hatte noch nicht einmal nach Benito gefragt. Ich hatte immer ein Ohr für ihre Männergeschichten. Ich hatte die erste, und sie wollte es anscheinend nicht wissen. Warum nur? Naja, sie wird irgendwann schon fragen, wer er ist. In dem Moment klingelte das Telefon! Benito leuchtete auf meinem Handy. Oh Gott, was sollte ich bloß machen? Ich ging wohl am besten ran, bevor es aufhörte zu klingeln. „Hallo." Meine Stimme klang so leise, dass ich mich selbst schlecht hörte. „Ich hatte gehofft, dass du es bist!" Er hatte mich erkannt. Er hatte mich sogar an meiner leisen Stimme erkannt. „Hast du heute Abend Zeit?", fragte er. Er ist aber schnell, ohne mich zu fragen, wie es mir geht oder so. Das gefiel mir, einfach, direkt, ohne blöde, unnötige Sätze zu bilden. Doch was sollte hier denn unnötig sein? Ich sagte anschließend: „Ja, habe ich." Ich wunderte mich selber über meine Antwort. Doch die gefiel mir auch. „Dann verrate mir deine Adresse und ich hole dich gegen 19 Uhr ab, und bring bitte großen Hunger mit", sagte er.

Nach dem Gespräch überlegte ich, ob es richtig war, ihm meine Adresse zu geben. Ich kannte ihn doch kaum. Doch das ist jetzt auch egal. „Bring großen Hunger mit", hatte er gesagt. Großen Hunger!

Wenn er wüsste, dass ich einen übergroßen Hunger hatte, hätte er das auch dann gesagt? Gehen wir wirklich essen oder zu ihm? Vielleicht hat er ja zu Hause gekocht und möchte mit mir bei sich essen? Was soll ich anziehen? Ich wusste nicht, wohin wir gehen würden. Deswegen fiel es mir sehr schwer, mich für eine Kleidung zu entscheiden. Da ich abgenommen hatte, passten mir auch einige alte Kleider von den letzten Jahren. Nicht alle auf dem modischen

Stand, aber ich passte rein! Schließlich saß ich um Punkt 18 Uhr fertig vorbereitet auf meinem grünen Sessel und warte- te, dass eine weitere Stunde verging. Ich liebte meinen Sessel, er war so bequem und kuschelig zugleich. Ich merk- te, dass ich so aufgeregt war, zappelte herum und hielt meinen Hunger zurück. Die ganze Zeit über war ich damit beschäftigt gewesen, mich für den Abend vorzubereiten und hatte meinen Hunger ganz vergessen. Jetzt saß ich da und mein Magen knurrte. Ich schaltete den Fernseher ein und ließ die Zeit verlaufen. Punkt 19 Uhr klingelte die Tür. Ich fragte vom Lautsprecher aus, wer da sei, als ob ich das nicht wüsste. Benito fragte, ob ich runterkomme! War es unhöf- lich, ihn nicht hoch zu bitten? Sollte ich ihm erst mal was zu trinken bei mir anbieten? Doch ich entschied, dass es bes- ser sei, ihn nicht gleich am ersten Abend hoch zu bitten. Ich ging runter, und da stand er mit einer Sonnenblume in der Hand. Ich liebe Sonnenblumen. Wusste er das auch?

„Du siehst wunderschön aus", sagte er. „Wie immer", fügte er noch hinzu. „Danke." Wieder einmal nur ein Danke von mir. Er gab mir die Sonnenblume und gab mir einen Kuss auf die Wange. Werde jetzt bloß nicht rot, ermahnte meine innere Stimme mich.

Er öffnete mir die Autotür und ich stieg ein. Was für ein Gentleman! Er fuhr einen schwarzen BMW 16er. Für mich war das Auto zu groß. Ich mochte lieber kleine, schnuckeli- ge Autos. Hauptsache, er fuhr keinen Mercedes. Ich weiß nicht, warum, doch ich mochte einfach keinen Mercedes. Also hatte Benito einen Pluspunkt bei mir. Er fuhr Richtung stadtauswärts. Er fragte mich viel unterwegs. Als wollte er alles über mich wissen. Doch meine Antworten waren alle nur knapp. Meine Hände schwitzten, dass es schon eklig war. Einen ganzen Satz, geschweige denn eine Frage an ihn brachte ich einfach nicht raus. Er schaute öfter beim Fahren zu mir rüber und lächelte dabei.

Er guckte mir wie immer direkt in die Augen, ohne einmal zu blinzeln. Ich fragte mich, ob er auch die Straße in Sicht hatte. „Ich hoffe, du hast Hunger", sagte er schließlich. „Wir fahren in mein Lieblingsrestaurant, es ist ein wenig weiter weg, aber es lohnt sich." Was lohnte sich denn nicht, wenn es um Essen ging! Ich kicherte in meinen Gedanken, sagte aber nur: "Ja, habe ein wenig Hunger." Ein wenig, wer es glaubt. Ich könnte jetzt zwei Vorspeisen und drei Menüs essen. Ich sollte heute aber nur einen Salat essen. Schließlich hungere ich nicht umsonst. Ich sollte ja auch nicht gleich beim ersten Essen mit Benito einen schlechten Eindruck machen. Das würde ihn doch nur abschrecken. Außerdem halte ich das seit zwei Wochen gut aus, weniger, besser gesagt gar nichts zu essen. Ich musste doch mindestens noch 15 Kilo abnehmen, um in Größe 44 reinzupassen. Vielleicht sogar in Größe 42? Wir unterhielten uns einfach über alles, Familien, Freunde, Arbeit. Die ganze Fahrt über schenkte er mir seine Aufmerksamkeit. Sooft er auf die Straße guckte, sooft schaute er mich an. Wir bogen in eine Straße ein, die nur aus Bäumen rechts und links bestand. Am Ende der Straße war ein kleines Haus, das aussah wie ein Hexenhaus. Er parkte vor der Tür zwischen den vielen anderen Autos.

Anscheinend war es das Restaurant und schien sehr gut besucht zu sein. Wieder einmal öffnete mir Benito die Tür. Ich freute mich über seine kleinen Gesten. Er führte mich zum Eingang des Hauses, wo auch ein Kellner stand und uns zu unserem Tisch führte. Das Restaurant war von innen sehr klein. Von außen sah es größer aus, als es ist. Die Tische waren belegt mit Gästen, die am speisen oder trinken waren.

Irgendwie sahen alle zufrieden aus. Ob das am Essen lag? Ich schaute auf alle Teller, die ich sah. Es sah so aus, als ob die Portionen füllig waren. Hauptsache, man wird satt. Viele Restaurants hatten für ihre hohen Preise kleine Portionen, wo man das noch nicht einmal als Vorspeise bezeichnen konnte. Unser Tisch war mit einer weißen Tischdecke und weißen Stoffservietten bestückt. Dazu war eine weiße Kerze mit einem silbernen Kerzenhalter in der Mitte des Tisches platziert. Die Kerze fand ich überflüssig, da es draußen sehr heiß war, und wir dem Sommer entgegenkamen. Doch es sah gut aus. Ich mochte es nicht, wenn etwas zu viel war, ob in Wohnungsdekoration oder in der Kleidung. Für mich war weniger immer mehr!

Wieder einmal guckte er mich an. Er nahm meine Hände und sagte, wie sehr er sich freute, mich heute sehen zu dürfen.

Sehen zu dürfen, wie gebildet er doch ist! Meine Hände

zitterten und schwitzten. Ich zog meine Hände sofort zurück. In dem Moment kam der Kellner. „Sie wünschen?", fragte er. Hatte er wirklich „Sie wünschen?" gesagt? Als ob er mir meine Wünsche erfüllen könnte! „Weißt du schon, was du möchtest?", fragte Benito mich. Was möchte ich bloß? Ich hatte solchen Hunger! Am besten, ich bestelle mir nur einen Salat. Das Lammcarrée hörte sich so gut an! Was soll ich nur machen? Ich könnte doch den Salat als Vorspeise bestellen. Doch wie sieht das denn aus? Ich, eine dicke Frau, bestelle mir so viel und esse alles auf. Es passierte selten, dass ich mal etwas auf dem Teller liegen ließ. Eigentlich war das noch nie vorgekommen! „Ich merke schon, du kannst dich nicht entscheiden", hörte ich Benito sagen. Er sagte dem Kellner höflich, dass wir noch nicht so weit waren. „Lassen Sie sich Zeit", sagte der Herr und verschwand. Bitte bleib hier, dachte ich. Ich habe doch solchen Hunger, jetzt dauerte es doch noch länger, bis er wiederkam. „Magst du Fisch?" Benito wusste wohl selber nicht genau, was er essen wollte. „Nein, tut mir leid, ich mag keinen Fisch." Sah ich aus wie ein Fischesser? Ich esse Fleisch, das auch fettig und saftig ist. Das war Fisch für mich nicht, und er hatte so einen komischen Geschmack. „Ich weiß, was wir bestellen", sagte Benito. „Ich nehme den Schwertfisch. „Dir bestellen wir das Lammcarrée. Ist das in Ordnung?" Konnte er meine Gedanken lesen? Ich nickte nur vor mich hin. Ich konnte einfach nicht Nein sagen. Er rief nach dem Kellner, der auch sofort kam. Er bestellte eine große Flasche Wasser, zwei Gläser Rotwein, eine kalte Vorspeisenplatte mit gebratenem Gemüse und für uns jeweils die Hauptgerichte. Wieso hatte er so viel bestellt? „Ich hoffe, du magst alles." „Ich denke schon", sagte ich. „Glaub mir, du wirst es lieben." Ich lächelte nur. Will er nur testen, wie viel ich essen kann? Ist das ein Spiel, worüber er sich hinterher mit seinen Freunden lustig machen kann?
Ich sollte meine Gedanken positiver ordnen. Warum sollte er so etwas machen und mit mir seine Zeit vergeuden, nur um sich über mich lustig zu machen? Wäre es denn das wert? Er sah so gut aus! Gut, dann spielt er eben nur mit mir, was soll's, dann lasse ich mich einfach ausnutzen!
Noch nie war ich dem Sex so nah. Genau gesagt, war es das erste Mal, dass ich einem Sex nah war!

So leid es mir tut, ich war immer noch Jungfrau. Ob er heute mit mir schläft? Sollte ich ihn nach dem Essen zu mir bitten? Gleich nach dem ersten Date? Nein, das sollte ich besser lassen. Macht man denn so was? Danach wird er doch denken, dass ich leicht zu haben bin. Oder ich tu ihm leid, dass ich noch Jungfrau bin. Vielleicht meldet er sich danach nie wieder. Doch wenn es heute passieren soll, werde ich dem nicht im Wege stehen. Also bin ich für heute bereit, heute soll mein erstes Mal sein! Heute bekommt er meine unberührte Blume zu sehen. Blume? Wie tief bin ich denn gesunken? „Ich würde gerne deine Gedanken wissen", sagte Benito. Oh nein, das willst du besser nicht. Es ist so ein gutes Gefühl, Gedanken zu haben, die keiner wissen kann. Nur derjenige, der sie hat. Ehrlich gesagt, hatte ich noch nie die Möglichkeit, Geschlechtsverkehr zu haben. Da ich viel zu dick bin, wollte mich wohl niemand oder ich wollte es niemandem zumuten. Damit soll heute Schluss sein. Heute werde ich zu einer Frau, zu einer richtigen Frau. Du, Benito, wirst heute der Erste. Du wirst Glück oder auch Pech haben, oder du wirst blind! Als ich auf die Uhr geschaut hatte, war es fast ein Uhr nachts. Der Abend ging so schnell um, dass ich es noch nicht mal gemerkt hatte. Wir hatten viel Spaß zusammen, wir haben viel geredet und viel gelacht. Dabei haben wir wirklich viel gegessen, bei unseren Tellern war nichts übrig. Eigentlich hatte ich mir vorgenommen, die Hälfte vom Essen übrig zu lassen, aber ich konnte nicht. Dafür war es viel zu lecker. Ich glaube, ich hatte sogar das ganze Brot alleine gegessen. Ich muss sagen, der Herr hat guten Geschmack, was das Essen angeht. So, wie ich es beobachtet hatte, hatte Benito auch sehr gut gegessen. Wieso kann er seine Figur so gut halten? Er macht bestimmt viel Sport. Ja, morgen steht er bestimmt früh auf und geht joggen. Ich dagegen werde lange schlafen. Ach nein, heute werden wir zwei ja miteinander schlafen! Werden wir es in meiner oder in seiner Wohnung tun? Jetzt drehe ich wirklich durch, was für Gedanken ich habe! Warum lasse ich es nicht einfach auf mich zukommen und plane so etwas? „Ist alles in Ordnung?", fragte er mich. „Schläfst du heute mit mir?"

„Wie?", sagte er. Oh Gott, habe ich das tatsächlich laut gesagt? Ich möchte im Erdboden versinken! Ich muss raus hier. Nur, ich weiß doch gar nicht genau, wo ich bin. Wie soll ich nach Hause kommen? „Na ja das hatte ich heute nicht vor, aber man sollte ja einer Frau nicht widersprechen", hörte ich Benito sagen. „Nein, ich meinte, dass ich schlafen möchte, also, dass ich müde bin, und ich würde jetzt gerne nach Hause fahren", stammelte ich. Er lächelte mich an und meinte: „Anders habe ich das auch nicht verstanden, ich gehe die Rechnung bezahlen." Er zwinkerte mir zu und verschwand in die Richtung vom Kellner. Das war's, er wird sich nie wieder melden. Hatte ich es so nötig, dass ich so etwas laut aussprechen musste? Seit wann sprach ich meine Gedanken laut aus? Ich fühlte mich nicht gut, gar nicht gut. Ich musste brechen! Das fehlte für heute noch. Obwohl es wohl ein Wunschgedanke von mir war, nach dem Essen zu brechen. Jetzt spinne ich total. Warum war der liebe Herr nie auf meiner Seite, warum war er so böse auf mich? Wieso hatte ich immer so Unglück? Jetzt habe ich kaum jemanden kennengelernt und mein Leben hat Farbe bekommen, schon muss es wieder vorbei sein. „Wenn du möchtest, kann ich dich jetzt nach Hause fahren, sonst schläfst du mir hier noch ein!" Machte er sich lustig über mich? Was wäre, wenn ich hier einschlafen würde? Dann müsste er mich wohl ins Auto tragen, davor hatte er wohl Angst. Dabei würde er sicherlich seinen Rücken ausrenken. „Ja, danke", sagte ich leise. Er fragte mich noch nicht einmal, ob wir noch etwas anderes unternehmen. Wir könnten doch tanzen gehen oder noch in eine Bar und Cocktails trinken. Warum sollte er das denn noch tun? Er hatte ja anscheinend genug von mir. Ich wollte nur noch in mein Bett. Das habe ich ihm ja auch gesagt und er tat genau das, was ich wollte, also warum diese Gedanken? Den ganzen Weg nach Hause waren wir beide still. War er jetzt beleidigt? Weil ich ja nicht mit ihm schlafe? Soll ich doch mit ihm schlafen? Ich könnte ihn ja fragen, ob er Lust dazu hat. Er könnte noch mit zu mir hochkommen, da fange ich ihn an zu küssen und verschwinde im Bad, zieh mir was Aufreizendes an und verführe ihn mit allen Mitteln. Hahaha, ich lachte laut in meinen Gedanken. Wie sollte ich das mit einer XXL-Unterwäsche schaffen? Vor allem, wie sollte ich das alles anstellen, wenn ich von gar nichts eine Ahnung hatte. Ich konnte doch noch nicht einmal küssen. Ich sollte einen Sexkurs für Anfänger belegen, bevor ich anfange, jemanden zu verführen. Er schaute immerzu zu mir rüber und lächelte. Schließlich fragte er, ob alles o.k. sei. „Ja, sicher", antwortete ich. „Warum auch nicht?" Am Ziel angekommen, bedankte ich mich für den Abend und für das Essen.

Doch ich konnte meinen Satz nicht vervollständigen. Benito zog mich an sich und küsste mich auf meine Lippen. Es war ein fester, doch zugleich ein sanfter Kuss. Er bedankte sich ebenfalls und sagte, dass er mich morgen anrufen würde. Mein Herz raste, mein Atem stockte und ich bekam kein Wort mehr aus mir heraus. Ich stieg aus dem Auto aus, lief zu meiner Wohnung und lächelte übers ganze Gesicht. Die Nacht dachte ich nur noch an den Kuss. Ich freute mich wie ein kleines Kind, das ein Fahrrad geschenkt bekommen hatte. Ich wollte nur noch losschreien vor Glück. Wenn ich bei so einem kleinen Kuss nicht mehr Herr meiner Sinne bin, was passiert wohl mit mir, wenn ich ihm meine Blume schenke? Ich wollte Angelique anrufen und ihr alles erzählen, doch heute ist Samstag und sie ist sicherlich um die Uhrzeit noch unterwegs. Na ja, morgen ist auch noch ein Tag. Am nächsten Morgen wachte ich mit einem komischen schmerzenden Gefühl im Magen auf. Hatte ich auf einmal zu viel gegessen und ich habe es nicht vertragen? Ich sollte mich wiegen, bestimmt hatte ich ein Kilo wieder drauf. Ohne Zeit zu verlieren, stieg ich auf die Waage. Ich hatte weder abgenommen noch zugenommen. Sollte ich mich freuen oder lieber ärgern? Wenn ich gestern Abend nichts gegessen hätte, dann hätte ich bestimmt ein Kilo weniger. Doch dieser komische Schmerz im Bauch hörte nicht auf. Es war kein Hungergefühl, auch kein Regelschmerz, es war etwas, was ich noch nie zuvor hatte. Ob Benito an mich gerade denkt? Bestimmt nicht. Nach dem Abend gestern wird er wohl nie wieder an mich denken. Doch warum sollte er dann mir einen Kuss geben? Ich war ja noch nicht einmal bereit, mit ihm zu schlafen, obwohl ich es laut gesagt hatte. Erst habe ich ihn scharf gemacht, dann habe ich mich zurückgezogen. Jetzt spinne ich völlig, was gab es denn an mir scharf zu werden? Warum hat er noch nicht angerufen? Wird er mich denn je wieder anrufen? Ich nervte mich schon selber mit meinem Jammern. Ich sollte heute Sport machen. Ich sollte joggen. Ich war noch nie in meinem Leben joggen. Bei mir würde es ja auch lächerlich aussehen. Ich würde ja auch jede fünf Minuten eine Pause einlegen. Eine dicke Frau, die versucht zu joggen, wie witzig. Bei schlanken Frauen sah das immer so schön sportlich aus! Da halte ich nicht mit, das ist sicher. Bei den Frauen sah alles immer locker aus, als ob sie auf einem Catwalk entlanglaufen. Bei mir würde es so aussehen, als ob ich eine Schildkröte bin mit einem dicken, fetten Häuschen.

Das Telefon klingelte. Ich lief durch den Raum und suchte mein Handy. Warum hatte ich es denn auch nicht immer bei mir? Kaum gefunden, ging ich auch gleich ran. Ohne, dass ich auch etwas sagen konnte, jammerte meine Freundin Angelique ins Telefon. Vor vielem Schluchzen verstand ich kein Wort. Sie sagte nur immerzu, sie würde ins Kloster gehen oder auswandern, dorthin, wo sie keiner kennt. „Nun beruhige dich und erzähle mir erst mal in aller Ruhe, was passiert ist", sagte ich. Sie sagte nur, dass ich kommen sollte, und dass sie mich jetzt brauchte. „Ich bin gleich da", sicherte ich ihr zu. Kaum hatte ich aufgelegt, fiel mir ein, dass ich doch nicht gehen konnte. Was ist, wenn mich Benito überraschen möchte und ich bin nicht da? Er weiß doch jetzt, wo ich wohne, und er wollte mich doch heute sowieso anrufen, vielleicht kommt er einfach vorbei. Vielleicht bringt er mir Blumen mit und bedankt sich für den netten Abend gestern. Blumen? Wo ist die Sonnenblume, die er mir gestern mitgebracht hatte? Die habe ich wohl im Auto bei ihm vergessen. Noch nicht einmal eine Erinnerung an unseren ersten Abend außerhalb der Tanzfläche. Er wird mich nicht überraschen, das ist sicher, er wollte anrufen, also kann ich mit ruhigem Gewissen zu Angelique. Zum Glück wohnt Angelique nur zwei Straßen weiter. Wenn er kommen sollte, laufe ich schnell rüber. Ich sollte mich für alle Fälle gut anziehen und mich schminken. Man kann ja nie wissen. Früher hätte ich einen Jogginganzug angezogen und wäre rübergegangen. Doch diese Zeiten sind vorbei. Heute mache ich mich hübsch. Zumindest soweit es geht. Wichtig ist nur mein Handy! Bei Angelique angekommen, hatte ich immer noch den komischen Schmerz im Bauch. Es war ein komisches Gefühl, nicht, dass es wehtat, aber es war unangenehm. Angelique hatte überall Taschentücher in der Wohnung verteilt. Alle benutzt, versteht sich. Für ihre Unordnung war sie ja bekannt, aber heute sah es sehr schlimm aus. Sie hatte einfach nie die Zeit zum Aufräumen, kein Wunder, sie war ja auch nie zu Hause. Sie war jeden Abend unterwegs; man sollte annehmen, dass da ihre Wohnung ordentlicher ist, da sie ja nie da war, aber das war hier nicht der Fall. Ich hingegen würde nie aus der Wohnung gehen, wenn sie unordentlich war. Deswegen wollte ich auch nicht mit ihr zusammenziehen.

Wie oft hatte sie mich gefragt, ob wir uns nicht zusammen eine Wohnung suchen könnten, doch ich sagte immer nur, dass ich nicht ausziehen möchte und dass ich verliebt in meine Wohnung sei. Es würde mir einfach das Herz brechen, wenn ich ausziehen würde. Als ob die Wohnung mein Freund ist. Manchmal lachte ich selber über meine blöde Antwort. Doch Angelique hatte es verstanden, denn sie fragte nie wieder.

„Du siehst aber gut aus", sagte Angelique. „Hast du abgenommen?" Das klang so schön, man sah es also! „Ja, ein wenig", antwortete ich. „Er hat mich verlassen", sagte sie im nächsten Moment. „Er hat mich tatsächlich verlassen." Das war's, sie hatte es noch nicht einmal für nötig gefunden zu fragen, wie viel ich abgenommen hatte. Dass ich ruhig weitermachen soll, da es mir steht. Stattdessen fragte ich nur: „Wer hat dich verlassen?"

Sie lernte fast täglich jemanden Neues kennen, da war es schwer, mir zu merken, wer gerade aktuell war. „Na, Jason, den habe ich vor einer Woche kennengelernt, er hat hier gewohnt." „Nach einer Woche habt ihr zusammen hier gewohnt?", fragte ich erschrocken. „Ja, er hat hier bei mir übernachtet. Gut, tagsüber war er nicht hier, er muss ja auch mal arbeiten." Sie guckte mich dabei böse an. Für sie kann es ja in Ordnung sein, wenn sie gleich mit dem Erstbesten ins Bett springt und auch sofort zusammenzieht, doch für mich kommt das nicht in Frage. Ich kann ja langweilig in der Hinsicht oder prüde sein, doch es käme auf keinen Fall infrage. Auch wenn ich so hübsch wie Angelique wäre oder so eine schöne Figur wie sie hätte! Warum tat sie das? Sie hatte es doch gar nicht nötig. Ich mochte meine Freundin, aber sie war leicht zu haben. Ich verstand einfach nicht, warum sie so außer sich ist. Ich meine, ich kenne

Benito länger als sie ihren Jason. Ich hätte doch das Recht zu weinen, wenn er mich verlassen würde, und nicht sie. Jetzt spinne ich doch wirklich, ich weiß noch nicht einmal, ob ich mit Benito zusammen bin, warum sollte er mich dann verlassen? Mein Handy klingelte, und meine komischen Bauchschmerzen wurden stärker. „Hallo", sagte ich. „Hallo, ich bin's, Benito, wie geht es Dir heute?" Ich sollte mir angewöhnen, mal auf das Display vom Telefon zu gucken, um zu sehen, wer mich anruft. Dazu hat man doch ein Handy. „Gut", antwortete ich kurz wie immer. Angelique beobachtete mich und weinte dabei, als ob sie auf einer Beerdigung wäre. Ehrlich gesagt, nervte mich das. „Hast du heute Zeit für mich?", fragte Benito. „Ja", sagte ich schnell. „Aber, aber", stammelte ich. „Aber?", fragte er. „Ich kann erst heute Abend so gegen 19 Uhr." „Schade, ich dachte, wir könnten den ganzen Tag und den Abend zusammen verbringen", antwortete er. „Aber 19 Uhr ist auch o.k." „Tut mir leid", sagte ich. „Ich kann nicht eher." „Das macht nichts. Ich hole dich dann pünktlich um 19 Uhr ab. Kann es kaum erwarten, dich zu sehen! Bis nachher." Beim Auflegen wusste ich nicht, wie ich das Angelique erklären sollte, sie hat bestimmt den ganzen Tag mit mir gerechnet.

Es war gerade 15 Uhr, ich hatte drei Stunden Zeit und eine Stunde für mich, damit ich mich fertigmache. Ich fühlte mich irgendwie schlecht. War ich eine schlechte Freundin? Wie kann ich an dich denken, wenn es ihr so schlecht geht? „Wer war das?", fragte sie schließlich. „Es war Benito", sagte ich strahlend. „Ist das etwa der Kerl, mit dem du die ganze Zeit getanzt hast? Wie habt ihr euch wiedergesehen? Woher hat er deine Nummer? Seid ihr etwa ein Paar?" Das sind aber viele Fragen auf einmal. Wie schnell sie aufgehört hatte zu weinen und ganz bei der Sache war! Ich erzählte ihr, wie alles gekommen war, dass wir gestern zusammen essen waren und dass wir uns heute Abend wieder sehen werden. Dass ich zurzeit sehr glücklich bin und ein komisches schmerzendes Gefühl im Bauch habe. Sie meinte, das heißt –„Schmetterlinge im Bauch". War das wirklich wahr? Das hatte ich ja öfter gehört, nur ich war noch nicht in den Genuss gekommen. Jetzt habe ich auch Schmetterlinge im Bauch, das heißt ja wohl, dass ich verliebt bin. Jawohl, ich bin verliebt in Benito! Wie schön sich das anhört! „Dann hast du heute wohl nicht so viel Zeit für mich", sagte Angelique anschließend. Wie undankbar sie doch ist! Ich hätte mich doch auch gleich mit ihm treffen können, aber das wollte ich nicht. Außerdem war es das allererste Mal für mich, mich überhaupt mal mit einem Mann zu treffen. Das wusste sie doch. Wieso war sie so egoistisch? Sie sollte sich doch für mich freuen! Jetzt tat sie mir noch nicht einmal leid. „Weißt du was, so viel Zeit habe ich doch nicht, ich werde jetzt gehen. Dir geht es ja gut." Hatte ich das tatsächlich gesagt? Bin ich so willensstark geworden? Ich glaubte meinen Ohren nicht, ich hatte es tatsächlich laut ausgesprochen. Im Moment war ich ja dafür bekannt, alles laut auszusprechen! Heute gefiel es mir sogar. Ich werde wohl erwachsen! Zu Hause ging Angeliques Gesicht gar nicht mehr aus meinem Kopf. Sie hatte gar nichts gesagt, sie hatte mich nur erschrocken angeguckt. Naja sie wird es schon verkraften. Ich nahm mein Handy und überlegte, Benito anzurufen. Ich kann ihm ja sagen, dass ich doch Zeit habe. Vielleicht hat er sich jetzt schon anderweitig verabredet und hat jetzt keine Zeit für mich. Ich werde es einfach versuchen, mal sehen, was er sagt. „Hallo", sagte Benito. „Hi, ich bin's, ich wollte nur fragen, ob du noch Zeit hast, den Tag gemeinsam zu verbringen?" „Und den Abend?", sagte er. „Und die Nacht", antwortete ich. Zum zweiten Mal lud ich ihn zum Sex ein. „Bin in einer halben Stunde da", sagte Benito und legte auf.

Kein Wunder, dass er so schnell da ist, das lässt sich ja auch niemand zum dritten Mal sagen. Was habe ich mir nur dabei gedacht? Ich sollte aufhören zu denken, dann sage ich auch nichts laut heraus. Ich beobachtete mich im Spiegel. Ob ich ihm gefallen werde? Ich hatte eine schwarze Hose an und eine weiße, lange Bluse darüber. Meine Haare waren zu einem Pferdeschwanz gebunden. So sah ich ganz natürlich für jeden Alltag aus. So könnte ich ins Kino oder zum Essen. Mir fiel ein, dass ich noch gar nichts gegessen hatte. Das sollte ich lieber auch nicht, denn zum ersten Mal saß die Bluse wie angegossen. Es sah gar nicht schlecht aus, ja, sogar schlank machte sie mich. Eine halbe Stunde später stand Benito, wie immer pünktlich, vor meiner Haustür. Er hatte eine dunkelblaue Jeanshose an und ein weißes Hemd darüber. Wir waren ziemlich gleich angezogen, wie ein

Paar. Er sah einfach toll aus. Ich fühlte mich wieder einmal unwohl. Warum ging es mir gut, wenn ich alleine war, und sobald jemand mit mir war, kam ich mir daneben vor? Wenn ich mit Angelique ausging, war das genauso. Sie war immer perfekt und ich wie ein Mauerblümchen. Ich werde einfach die negativen Gedanken loswerden und mir einen schönen Tag mit Benito gönnen. Meine Schmetterlinge im Bauch wurden immer stärker. Ich war verliebt und es gefiel mir. Ich streckte ihm meine Hand aus, doch er gab mir einen Kuss auf den Mund zur Begrüßung. Das taten doch nur Paare, sich küssen, oder? Er öffnete mir die Autotür und ich stieg hinein. Was für ein Gentleman! Er behandelte mich wie eine Prinzessin. Als er im Auto war und losfuhr, fragte er mich, ob ich Hunger hätte. Jetzt, wo er es sagte, hatte ich natürlich Hunger. Wieso musste er immer, wenn er mit mir war, ans Essen denken? Bekam er Hunger, wenn er mich anschaute? Ich schüttelte meinen Kopf. „Was hast du denn heute Schönes gegessen?", fragte er mich. „Nichts", antwortete ich. „Wie, nichts? Man muss doch was essen, fall mir bitte nicht vom Fleisch!" Was hatte er gerade gesagt? Machte er sich wieder lustig über mich? Sah er nicht, dass ich genug Fleisch für die weiteren hungerlosen Jahre an mir hatte? „Ich weiß, wo wir lecker draußen auf der Terrasse sitzen können, und da wirst du schon etwas essen." Vielleicht wollte ich das nicht. Das klang für mich so, als wäre es beschlossen, also sagte ich auch nichts anderes. „Für heute Abend habe ich uns einen Tisch reserviert." Heute Abend? Dachte dieser Mann nur ans Essen? Tut er mir in meiner Situation überhaupt noch gut? Schließlich möchte ich abnehmen und nicht alles doppelt zunehmen. Wie soll meine Diät halten, wenn er ständig mit mir essen geht? Gut, es war erst das zweite Mal, aber ich sollte damit aufhören.

Vielleicht macht er das mit Absicht. Vielleicht möchte er, dass ich zunehme und dicker als je zuvor werde. Damit er die Wette mit seinen Freunden gewinnt, schafft er meine Diät abzubrechen um mich dicker als vorher vorzuzeigen, damit alle über mich lachen? Wieso habe ich diese schrecklichen Gedanken? Es kann doch möglich sein, dass er nur Hunger hat. Dann sollte ich ihn nicht enttäuschen. Er gefällt mir doch so sehr, und ich bin ja auch verliebt in ihn,

also werde ich das nicht kaputtmachen. Es war doch das erste Mal, dass sich ein Mann für mich interessierte, und es soll doch auch so bleiben. Benito parkte an einem See, wo direkt dahinter ein kleines Café mit einer großen Terrasse war. Es war sehr schön, und ich wusste noch nicht einmal, dass es so einen Platz gab. Ich war doch hier in dieser Stadt geboren, doch ich wusste nichts über sie. Das ändert sich ab heute auch. Benito wird schon dafür sorgen! Wir setzten uns draußen auf der Terrasse an einem Zweiertisch hin. Ich bestellte mir eine Apfelschorle und einen großen Salat mit Hähnchenstreifen. Benito bestellte sich eine Flasche Wasser und ein Rindersteak mit allen Beilagen, die man sich wünschen konnte. Wir unterhielten uns über unsere Zukunft und was wir noch für Pläne hatten. Er erzählte mir, dass es immer sein Traum war, sich in der Gastronomie selbstständig zu machen. Das fand ich sehr interessant, ich würde mir so etwas nie zutrauen. Wenn ich ein bisschen begabt wäre, würde ich Kleidung für übergewichtige Menschen schneidern. Das Problem war nur, dass ich nicht schneidern konnte. Ich hatte aber gute Ideen, was das anging. Ich meine, es gab schon Geschäfte für übergewichtige Frauen, aber ich wollte es moderner haben. Viele Kleider waren nicht jedem Alter passend und nicht tailliert, die Farben bieder und einfach nicht so, wie sich schlanke Frauen kleiden. Benito erzählte mir, dass er seit Jahren eine gute Immobilie für seine Selbstständigkeit suchte. Er wollte eine Latinobar eröffnen. Er kam ja selbst aus der Dominikanischen Republik. Aus der Karibik, wie romantisch!, dachte ich mir. Wir könnten ja irgendwann am Strand heiraten, nur wir beide. Jetzt träumte ich mal wieder wirres Zeug. Zum Glück kam endlich unser Essen. Mein Salat sah lecker aus, aber Benitos Essen sah einfach herrlich aus. Seine Kartoffeln glänzten vom Fett seines Fleisches, es sah köstlich aus. „Ich wünsche dir einen guten Appetit", sagte er und schnitt sein Fleisch mundgerecht. Natürlich lächelte ich nur und nahm mir ein Stück Tomate in meinen Mund. Er streckte mir ein Stück Fleisch mit Gemüse in Richtung meines Mundes zu. Ich öffnete ohne Widerstand und es schmeckte wunderbar. „Danke", sagte ich. „Das reicht aber, sonst schaffe ich doch meinen Salat nicht."
War das gerade ein Witz von mir? Jetzt wäre doch der Zeit-

punkt da, dass er sich über mich lustig machen könnte. Ich meine, wer sollte denn einen Salat nicht schaffen? Ich sicherlich nicht, ich sah doch so aus, als ob ich ganz alleine eine Kuh verschluckt hatte. Als ich dann fertig war, stellte ich fest, dass mir das auch gereicht hatte. War mein Magen schon kleiner geworden? Benito aß alles auf, doch sein letztes Stück streckte er wieder in meine Richtung. Ich lehnte dankend ab, doch er bestand darauf. Er sagte, er hätte einen Film gesehen, wo es bestimmte Regeln zur Liebe gab, und einer der Regeln war, dass man seiner Angebetenen immer das letzte Stück vom Essen gibt. Ich öffnete meinen Mund und aß es widerstandslos. Hatte er mir gerade eine Liebeserklärung gemacht? Jedenfalls bin ich wohl die Angebetete! Er betet mich an, ich bin so etwas wie eine Göttin. Ich könnte vor Freude hochspringen. Der Kellner nahm unsere leeren Teller, und Benito fragte, ob ich noch einen Nachtisch möchte. Doch ich lehnte ab. Er bestellte sich noch einen Grappa. Das trinkt er wohl oft nach dem Essen, das nimmt das Völlegefühl. Warum trank ich so was nicht? Vielleicht hätte ich mir somit meine Kilos erspart. Was für ein Quatsch! Bei mir wäre das sicherlich mehr geworden. Benito rückte ein wenig näher zu mir. Er nahm meine Hand und hielt sie fest. Dabei dankte er mir, dass ich doch heute für ihn Zeit gehabt habe. Jetzt schwitz bloß nicht an der Hand, dachte ich. Es muss doch eklig für ihn sein, wenn er das mitkriegen würde. Ich schaute mich auf der Terrasse um, und es waren lauter Paare um uns herum. Sie küssten sich oder fassten sich an, sie lachten und schauten sich tief verliebte Blicke zu. Ich gehörte jetzt zu ihnen. Früher war ich immer mit Angelique und ihren aktuellen Freunden aus. Jetzt hatte ich selber einen und war nicht immer das dritte Rad bei Angelique. Ich wollte so gerne wissen, wie viele Freundinnen er vor mir hatte. Doch so eine Frage konnte ich ja unmöglich stellen. Damit würde ich ihn sicherlich vergraulen. Vielleicht hatte er gerade noch eine Freundin? Doch warum sollte er sich dann mit mir treffen? War er vielleicht verheiratet? Jetzt war ich wahnsinnig geworden, warum konnte ich mich nicht einfach zurücklegen und es genießen? Bin ich im Laufe der Jahre beziehungsunfähig geworden, weil ich noch keine Beziehung hatte? Warum sollte ich ihn also so etwas Dummes fragen? Wenn ich ihn abschrecken wollte, dann wäre es wohl in Ordnung. Man sollte doch einem Mann nicht so viele Fragen stellen, das hatte ich wohl im Laufe der Jahre gelernt. Angelique hatte mir doch alles beigebracht. Doch selbst hatte sie sich nie daran gehalten. Sie hat immer alles gefragt, was sie wissen wollte, ob es einem gefiel oder nicht. In dem Moment fragte er mich, ob ich mich auch mit anderen Männer treffen würde. Was für eine Frage, ich kannte doch keine anderen Männer! Ich antwortete in einem schnippischen Ton, wie er denn auf so eine Frage kommen könnte, da ich, wenn es so wäre, mich nicht mit ihm treffen würde. Was dachte er von mir? Dass ich mehrere Beziehungen auf einmal führte? Denkt er etwa, ich bin so wie Angelique? Was macht sie wohl gerade? Meine liebe Freundin, ob sie sauer auf mich ist? Wie es ihr wohl geht? Heute hatte ich sie wohl zum ersten Mal im Stich gelassen. Ob sie sich wieder mit ihrem für mich unbekannten Freund vertragen hatte? Es war komisch für mich, doch ich hatte Angelique das allererste Mal weinen sehen, und das für einen Mann, den sie ja nicht lange kannte. Hatte sie sich schon in einer Woche verliebt? Ich sollte heute wirklich für sie da sein, doch stattdessen denke ich nur an mich und treffe mich mit Benito, um ihm näherzukommen. Warum sollte ich auch nicht, ich war ja schließlich verliebt, und er war mein Freund. Nach meiner genauen Antwort hatte er nur gelächelt. Er wollte wohl nur sicher sein, ob ich ihm alleine gehörte. Was für ein Satz, denn schließlich gehörte ich ihm nicht. Noch nicht! Wann er wohl mit mir schlafen wird? Hatte ich denn keinen anderen Gedanken mehr, als nur noch an Sex zu denken? Schließlich war ich verliebt, und hatte abgenommen. Also war ich bereit für die entscheidende Nacht. Nur einen Haken hatte es wohl: Wollte Benito überhaupt mit mir schlafen? Ich meine, mit mir. Er konnte jede Frau haben, die er wollte. Ich sollte erst mal klein anfangen. Wir sollten uns erst mal wieder küssen, dann ein wenig berühren und uns öfter sehen, um uns körperlich näherzukommen, danach kann die Nacht kommen. Also, insgesamt braucht man dafür wie lange? Drei Tage? Ich scheuchte meine Gedanken wieder raus aus meinem Kopf und versuchte, nicht mehr darüber nachzudenken. Ich sollte einfach alles auf mich zukommen lassen und abwarten. Benito wird schon wissen, wann es so weit ist. Nach dem Mittagessen gingen wir spazieren. Wir redeten einfach über alles, ich fühlte mich ihm so nah. Er hielt beim ganzen Spaziergang meine Hand fest. Natürlich schwitzte sie wie immer stark, doch diesmal war es mir egal, und anscheinend störte das Benito auch nicht. „Es wird langsam dunkel", sagte er. „Möchtest du mit zu mir kommen?" „Ich könnte dir heute Abend was Leckeres kochen." Dieser Mann dachte auch nur ans Essen. Doch meine Antwort war natürlich Ja.

Wieso habe ich nicht Nein gesagt? Ich kann doch nicht gleich in seine Wohnung mitgehen. Er wird doch denken, dass ich leicht zu haben bin. Vor allem, wie soll ich ihm denn sagen, dass ich noch Jungfrau bin? Mit 24 Jahren noch Jungfrau zu sein, ist doch peinlich. Ich sollte einfach mit ihm mitgehen und den Abend mit ihm verbringen, doch die Nacht werde ich zu Hause verbringen. Die Wohnung von Benito war in einem Altbau in der zweiten Etage. Er öffnete seine Wohnungstür und bat mich herein. Die Wohnung hatte keinen Flur, wo man direkt ins Wohnzimmer kam. Da stand ein Sofa mit vielen bunten Farben. Eine kleine Kommode und ein großer Fernseher in der Ecke. Benito zeigte mir seine Küche und Badezimmer. Als Letztes bekam ich sein Schlafzimmer zu sehen, wo ein Doppelbett stand. Wozu hatte er denn ein Doppelbett?, fragte ich mich. Warum zeigte er mir sein Schlafzimmer zuletzt, wollte er gleich zur Sache gehen? „Wenn du möchtest, können wir zusammen kochen:" sagte er schließlich. Gar nichts über Sex. Nein, bei ihm kam anscheinend das Essen zuerst dran. „Was möchtest du denn kochen?", fragte ich. „Weiß nicht, wir gucken mal, was wir so haben." Er sagte „wir", als ob wir hier zusammen leben. Wie schön das wohl wäre! Benito und ich leben zusammen. Doch dann sollten wir in meine Wohnung ziehen, denn meine ist gemütlicher. Oder wir kaufen uns ein Haus mit Garten. Das wollte ich immer schon haben. Eine Familie mit ein oder zwei Kindern, einen tollen Mann dazu. Da können wir Grillpartys geben und unsere Gäste verpflegen. Später können unsere Kinder im Garten spielen, und Benito und ich sitzen Abends auf der Hollywoodschaukel und unseren Wein trinken, während die Kinder schlafen. Jetzt bin ich total verrückt geworden.

Ich habe eine Familie gegründet, ohne mit Benito überhaupt zu schlafen. Ich sollte mir einen guten Therapeuten suchen. Einen, der mir Medikamente aufschreibt, wo ich das Denken vergesse, und nur in der Realität lebe, nämlich so, wie es ist. Ein langweiliges Leben ohne Kinder und Haus. Doch was nicht ist, kann doch noch werden. Ich habe ja jetzt einen Freund, also sollte ich es nicht vermasseln und ihn mir warmhalten bis zur Hochzeit. Der Rest kommt dann schon von alleine! Ja, so werde ich es machen.

Ich sollte auch mal wieder zurück in die Realität, wo ich immer noch eine 24-jährige dicke Frau bin, die noch niemals einen nackten Mann gesehen hat, geschweige denn ihn berührt hat. „Was nicht ist, kann ja noch werden", murmelte ich vor mich hin. Benito schaute mich an und lächelte mir zu, als ob er meine Gedanken gelesen hätte. Er holte ein Hähnchen aus der Gefriertruhe und viel Gemüse aus dem Kühlschrank. Ich überlegte, wann ich das letzte Mal Gemüse im Kühlschrank hatte? Ich hatte wohl noch nie etwas Gesundes gehabt. Entweder aß ich nur Fast Food oder kaufte mir Fertigprodukte. Doch damit ist ja Schluss, ich mache eine Diät, und mein Freund kocht nur noch was, für mich am besten ist. „Ich hoffe, du magst Hähnchengemüse mit Reis?", hörte ich ihn sagen. Alles, mein Schatz, alles, was du kochst, mag ich. Ich lächelte zwar nur, doch es fiel mir schwer, nicht in lautes Gelächter auszubrechen. Beim Kochen hatten wir uns gut aufgeteilt. Ich schnitt das Gemüse klein und Benito das Hähnchen. Nebenbei kochte der Reis. Er zeigte mir seine geheime Sojasoße, die er selbst erfunden hatte und war sichtlich stolz darüber. Es war offensichtlich, dass er nicht das erste Mal kochte. Immer, wenn er dabei war, ein Stückchen Gemüse von mir zu nehmen, fasste er liebevoll meine Hände an. Er berührte sie, und meine Knie zitterten. Wieso war ich nur so angespannt, warum konnte ich mich nicht locker lassen? „Solange das Essen vor sich hin köchelt, deckte ich den Tisch." „Soll ich dir dabei helfen?" „Nein danke, du kannst gerne Musik anmachen, wenn du möchtest." Er nickte in Richtung CD-Player. Was sollte ich denn jetzt aussuchen? Ich stöberte seine CDs durch und entschied mich für Bachata, ein langsames Tanzlied, das natürlich auch romantisch war. Benito deckte den Tisch fürsorglich, er faltete die Stoffservietten liebevoll und machte Kerzen an. Wie romantisch er doch ist! Er öffnete einen Rotwein und schenkte mir ein Glas ein, stellte die Flasche auf den Tisch und trat an mich heran. „Schön, dass du hier bist", flüsterte er mir zu und gab mir einen Kuss auf die Wange. Mein ganzer Körper erstarrte, und jetzt konnte ich mich gar nicht mehr bewegen. Ich trank den Wein schnell aus und schämte mich dafür, dass ich so reglos war. Er nahm mir das Glas aus der Hand, fasste meine Taille an uns zog mich an sich. Er küsste langsam meinen Mund, immer und immer wieder, bis er mit seiner Zunge meine Zunge umkreiste. Dabei schloss er seine Augen, und ich überlegte mir, ob ich das auch tun sollte, doch der Kuss war so intensiv, dass sie von alleine zufielen.

In dem Moment berührte er mit seiner Hand langsam meinen Oberschenkel, die langsam nach oben zu meiner Brust streifte. Da unterbrach ich seine Küsse und schob ihn von mir weg. „Endschuldige, ich wollte nicht so aufdringlich sein." „Nein, es ist meine Schuld", sagte ich. „Für mich ist das alles noch zu früh." Was sagte ich da, wollte ich denn als Jungfrau sterben? Nein, natürlich nicht. Er denkt doch sicherlich, dass das die bescheuerte Ausrede der Welt ist. Am liebsten hätte ich doch, dass du mich jetzt nimmst. Reiß mir die Kleider vom Leib, drück mich an deinen Körper, fass mich überall an und befriedige mich. Hör nicht auf, nimm mich hier und jetzt! Konnte er nicht aus meinen Augen lesen? Doch statt all das zu tun, sagte er nur: „Es ist o. k., ich hätte dich nicht überrumpeln sollen. Es ist nur, wenn ich an dich denke, und das ist sehr oft, dann möchte ich dich einfach sehr nahe spüren. Doch ich verstehe es natürlich, dass alles zu schnell für dich geht. Wir haben ja auch Zeit, die läuft uns nicht weg."

Was? Was hat er gerade gesagt, er denkt sehr oft an mich? Was gibt es denn bei mir, wo man mich nah spüren möchte? Hatte er vielleicht zu viel getrunken? Vielleicht sollte ich ihm eine Brille besorgen, damit er zur Vernunft kommt. „Kann ich mich kurz im Bad frisch machen?" „Ja, natürlich, das Handtuch ist frisch." Er hatte es wohl heute geplant, dass ich hier sein würde. Im Badezimmer überlegte ich, was ich an mir frisch machen sollte. Ich sollte doch lieber nach Hause gehen, entschied ich. Wieso fühlte ich mich so komisch? Es lief doch alles gut bis jetzt. Quatsch, es lief alles wunderbar. Er hatte für mich gekocht, liebevoll den Tisch gedeckt, mich mit seinen weichen, festen Lippen geküsst – was wollte ich mehr? Doch für heute sollte es besser so bleiben, sonst werde ich ihn noch anflehen, mit mir zu schlafen. Ich wusch mir meine Hände, sah mich im Spiegel an und beobachtete meine Lippen. Ich hatte volle Lippen, die Unterlippe war dicker als die Oberlippe. Doch die Oberlippe war zu einem Kussmund geformt. Man sagte mir oft, dass ich schöne Lippen hätte. Das fand wohl auch Benito, sagte ich mir. Ich werde mir wohl nie wieder meine Lippen waschen. „Das Essen ist serviert." Er stand neben dem Couchtisch mit vollen Tellern in der Hand. Ich überlegte, warum er immer so viel aß und trotzdem eine gute Figur machte. Er nahm meine Hand, führte mich zu meinem Platz und schenkte mir Wein ein. Er wollte wohl, dass ich viel trinke, damit er über mich herfallen konnte. Dieser Gedanke gefiel mir, und ich werde ihn nicht enttäuschen, genug Wein ist ja im Haus!

Der Abend ging schnell vorbei. Um 2 Uhr morgens brachte Benito mich nach Hause. Das war wohl nichts mit dem Alkohol, nach zwei Gläsern gab ich schon auf, da ich danach müde wurde und den Abend nicht im Schlaf verbringen wollte. Ich wollte mir ein Taxi rufen, doch er bestand darauf. Er hatte zwei Gläser Wein getrunken, und ich wollte nicht, dass er fuhr, doch als er mir dann anbot, bei ihm zu übernachten, war ich einverstanden, und er fuhr mich nach Hause. Das hat er wohl mit Absicht gemacht, hatte ich das Gefühl, weil er wusste, ich würde nicht bleiben. Bei mir angekommen, bedankte ich mich für den netten Tag und gab ihm einen Kuss auf die Wange. Wie ein Schulmädchen kam ich mir vor, das gerade von einem ersten Date kam. Als ich im Bett lag, dachte ich immer wieder an den intensiven Kuss bei ihm. Ich spulte die Szene immer wieder zurück und spielte sie nochmals von vorn. Ich lachte laut vor Freude und war einfach glücklich. Ich hatte die Zeit vergessen, ich hatte meine Freundin Angelique vergessen, ich hatte einfach alles vergessen. Alles außer Benito, ihn hatte ich in meinem Herzen eingeschlossen und es gefiel mir! Kann denn Liebe so schön sein? War es denn schon Liebe oder einfach nur eine Verliebtheit? Heute war der 10.4.03, und wir haben uns zum allerersten Mal geküsst. Das bedeutet, jetzt sind wir ein Paar und sind heute zusammengekommen. Nächstes Jahr um diese Zeit sind wir ein Jahr zusammen. Ein ganzes Jahr! Ich habe einen Freund! Endlich, mit 24 Jahren, habe ich meinen ersten gut aussehenden, Superbody-Freund! Doch sah er das auch so? Mit dieser Frage schlief ich ein.

In der Nacht war Benito in meinem Bett und küsste meinen Hals, runter zu meinen Brüsten, die ganz erregt spitz waren. Er fasste zwischen meine Schenkel und streichelte sie zärtlich. Ich lag reglos da und wollte, dass es passiert. Er guckte mich an und gab mir einen Kuss auf meinen Mund, der Kuss wurde stärker und dazu seine Bewegungen. „Bist du bereit?", fragte er mich. Ich schrie: „Ja, ich bin bereit, Ja, das bin ich!"

Doch als ich meine Augen öffnete, war Benito nicht da. Das war mal was ganz Neues, ich hatte einen Traum, wo ich beinahe Sex gehabt hätte. Das Komische war daran, dass ich ganz locker war und nicht verkrampft wie immer. Das gefiel mir. Mit der Hoffnung, dass der Traum weiterging, schlief ich wieder ein.

Am nächsten Tag wachte ich mit einem Glücksgefühl auf. Heute hatte Benito seinen letzten freien Tag. Er hatte die letzten Tage auch frei gehabt, und die hat er alle mit mir verbracht. Heute hatten wir uns für 14 Uhr zum Essen verabredet, wie sollte es auch anders sein, wieder mal zum Essen. Er holte mich jedes Mal ab und brachte mich nach Hause, obwohl ich ihm gesagt hatte, dass er das nicht müsse, doch er bestand darauf, und da er mein Freund war, sollte es auch so bleiben. Ich sollte mich wieder mal auf die Waage stellen, fiel mir ein. Nach den letzten Tagen habe ich bestimmt wieder zugenommen. Die Waage zeigte 94 Kilo an. Das konnte nicht sein. Ich sollte mir eine neue Waage kaufen. Obwohl die hier schon neu war. Zur Diät geeignet, hatte der Verkäufer gesagt! Ich stieg ab und versuchte es noch einmal: Wie davor, 94 Kilo! Keine Veränderung. Damit hatte ich wirklich nicht gerechnet, zumal ich auch die letzten Tage gut gegessen hatte. Doch mir fiel auf, dass ich wesentlich weniger als früher aß. Was für ein wundervolles Leben ich doch hatte! Ich habe einen Freund, verliere meine Kilos und hatte meinen ersten Kuss bekommen! Ich könnte vor Freude schreien, doch das lasse ich diesmal lieber. Ich rief Angelique an, um ihr von meinem Kuss zu erzählen, doch sie ging nicht ran. Es könnte sein, dass sie sauer auf mich war, da ich sie so alleingelassen hatte. Ich beschloss, kurz zu ihr rüberzulaufen, denn ich hatte nur drei Stunden Zeit, bis Benito mich abholen kam. Ich musste also früh genug zu Hause sein, um mich fertig zu machen. Das ist machbar, beschloss ich und zog mir meinen Jogginganzug an und machte mich auf den Weg. Auf dem Weg merkte ich, dass mir die Jogginghose viel weiter saß als früher. Noch vier Kilo, dann habe ich erst mal den größten Schritt geschafft. Wenn Benito morgen wieder anfängt zu arbeiten, dann esse ich wieder nichts. Wie werden wir uns in der nächsten Woche wohl sehen? Ich arbeite von morgens bis abends, und er fängt erst am Nachmittag an und arbeitet bis Mitternacht. Dann wird er mich doch vergessen? Das wollte ich mir gar nicht vorstellen können. Irgendwie werden wir uns wohl sehen, sei es um Mitternacht! In dem Moment sah ich Angelique an ihrer Haustür rauskommen und neben ihr einen großen Mann. Ich rief nach ihr und sie kam auf mich zu. „Warum bist du nicht ans Telefon gegangen?", fragte ich. „Habe ich nicht gehört."" Das hörte sich für mich nicht glaubwürdig an, sie hatte geantwortet, bevor ich meinen Satz zu Ende stellen konnte. Also war sie sauer!

Sie erklärte mir, dass sie sich mit Jason wieder versöhnt hatte und dass er jetzt einen tollen Tag mit ihr geplant hatte und dass sie heute leider keine Zeit für mich hätte. „Wir können uns ja morgen sehen", sagte sie und verschwand. Sie hatte es noch nicht mal für nötig gehalten, ihren Freund mir vorzustellen. Wieso habe ich ihr nicht gesagt, dass ich ebenfalls keine Zeit habe und dass ich jetzt einen Freund habe und vielleicht nie wieder Zeit haben werde? Stattdessen blieb ich wie immer stumm stehen. Gut, sie war sauer, das außer Frage, und irgendwie hatte sie ja recht, ich hätte sie nicht in ihrem Kummer alleine lassen sollen, doch sie hatte sich ja wieder versöhnt, und dafür meinen Tag mit meinem Freund absagen das wollte ich nicht. Angelique hatte immer einen Freund. Auch wenn es nicht immer derselbe war und sie mindestens monatlich einen neuen hatte, war sie nicht allein. Ich dagegen lernte jetzt erst solche Gefühle kennen und ich lasse mir das nicht kaputt machen, auch wenn es meine beste Freundin ist! Als ich wieder vor meinem großen Spiegel stand, probierte ich ein Kleidungsstück nach dem anderen an. Wieso konnte ich nicht einmal etwas aus dem Kleiderschrank holen und es beim ersten Mal Anprobe gleich anbehalten? Waren Männer auch so? Zogen Männer sich auch öfters vor einer Verabredung an und aus, um einer Frau zu gefallen? Machte Benito das auch? So schätzte ich ihn nicht ein. Ich glaubte, er zog etwas an und fand einfach die passenden Schuhe dazu. Alles ganz schnell. Er war ja auch nicht dick, dass er auf Fettröllchen achten musste. Im Gegenteil, er hatte einen göttlichen Körper, und da brauchte er keine Stunde dafür. Oh Gott, jetzt musste ich mich wirklich beeilen, zumal ich mich noch schminken musste. Das müssen Männer auch nicht. Wir Frauen haben wirklich wenig Zeit im Leben, da wir so viele Dinge noch erledigen müssen. Ich probierte verschiedene Kleider an, die mir auf Anhieb passten, keine Fettröllchen zu sehen. Klar waren sie noch da, doch sie quollen nicht aus der Kleidung heraus. Was dreizehn Kilo ausmachten! Ich entschied mich für ein grünes Minikleid und eine schwarze Leggins drunter. Die Leggins hatte ich vor einem Jahr gekauft, für alle Fälle, dass ich mal abnehmen würde. So was machte ich oft. Wenn Kleider, Blusen oder Hosen reduziert waren und es nichts in meiner Größe gab, da kaufte ich mir eine oder zwei Nummern kleinere Sachen und wartete darauf, bis sie mir passten. Natürlich geschah das nie und die Sachen lagen einfach im Schrank zur Deko herum. Doch heute passten einige davon!

Meine Haare werde ich heute wohl offen tragen, entschied ich mich. Ich hatte von Natur aus Locken, doch die mochte ich nicht und föhnte sie lieber glatt. Ich würde gerne glatte Haare haben. Nach dem Baden einfach trocknen lassen, und das war's. Bei Locken muss man sie mit Schaumfestiger oder Gel auch noch kneten, und schön sah es auch nicht aus. Ich verstand auch nicht die Frauen, die sich eine Dauerwelle oder Volumen fürs Haar machen ließen. Na ja, jeder möchte es so haben, wie er es nicht hat! Ich schminkte mir meine Augen leicht grün und strich ein durchsichtiges Lipgloss über meine Lippen. Noch etwas Parfüm und fertig. Für alle Fälle sollte ich mir meine Jeansjacke mitnehmen, es könnte ja sein, dass wir bis in die Nacht zusammen sind, und da wird es schon kühl. Falls ich auch keine Jacke haben sollte und mir ist kalt, dann würde Benito schon mir seine Jacke anbieten, denn er ist ja ein Gentleman. Oh Gott, das kann ich ja nicht zulassen, seine Jacke würde mir niemals passen und dann blamiere ich mich noch. Nein danke, ich bleibe bei meiner Jacke. Heute nehme ich mir vor, alles auf mich zukommen zu lassen. Wenn Benito mich küsst: Bitte, sehr gern. Wenn er mich unsittlich berühren möchte, auch dazu: Sehr gern. Unsittlich, was für ein Wort, irgendwie witzig und auch böse zugleich. Was ist, wenn er meinen Bauch anfassen möchte? Nein, das kann ich nicht zulassen. Was ist, wenn wir miteinander schlafen und wir liegen auf der Seite und er fasst meinen Bauch an? Oh Gott, daran kann ich gar nicht denken. Dann hat er drei Fettrollen in der Hand und wird mich wieder verlassen. Also, nur auf dem Rücken liegen, Bauch schön flach halten. Ich sollte heute wohl am besten gar nichts machen. Gestern hatte ich ihm deutlich zu spüren gegeben das ich nicht mehr möchte. Vielleicht fasst er mich auch gar nicht an. Wieso konnte ich nicht so wie Angelique sein, mich einfach zu allem hingeben? Sie sagt immer, man soll sich locker lassen und wenn man keine Lust hat, einfach so tun, als ob man will. Das möchte ich natürlich nicht. Wenn ich keine Lust habe zu etwas, dann lasse ich es auch nicht zu. Oder ist das falsch und man sollte das tun, was der Partner möchte, obwohl man selber nicht dazu bereit ist? Tat das Angelique denn immer? Schlief sie mit jedem, ohne ein bisschen Gefühl dabei zu haben? Nein, das mache ich nicht, auch wenn ich für mein Leben Jungfrau bleibe, ich fange einfach mit kleinen Schritten an und sehe ja, was mir gefällt.

Das ist also mein Plan: Ich mache jeden Tag kleine Schritte!

1. Tag: Küssen
2. Tag: Anfassen
3. Tag: Küssen und Anfassen
4. Tag: Nackte Haut zeigen
5. Tag :Benito etwas tiefer anfassen
6. Tag: Alles zusammen wiederholen
7. Tag: Meine Blume schenken

Für alles brauche ich eine ganze Woche. Das ist gut, denn so wird er noch heißer auf mich sein. Dabei habe ich noch eine Woche mehr Zeit, etwas mehr abzunehmen, mir super sexy Unterwäsche zu kaufen und mich überall zu enthaaren. Mag er Frauen mit Haaren am Körper oder ohne Haare? Das wird wohl das letzte Problem sein. Verhütung! Ich muss noch an die Verhütung denken. Sollte ich denn jetzt mit der Pille anfangen? Ich sollte mir beim Frauenarzt einen Termin nehmen. So lange muss ich Kondome besorgen. Woran man alles denken muss, wenn man Sex haben möchte. Das muss ja auch geplant sein. Was machen denn die Frauen, die einen sogenannten One-Night-Stand haben? Das könnte mir wohl nie passieren. Ich sollte mal Angelique fragen, wie sie so was regelt. Ich konnte es kaum erwarten, ihn zu sehen. Ich hatte viele Schmetterlinge im Bauch und war aufgeregt und glücklich zugleich. Ob er auch so glücklich ist wie ich? Wie er wohl heute aussieht? Bestimmt wieder viel zu gut. Ich werde wohl wie immer wie ein Trampel aussehen neben ihm. Was wohl die Leute denken, wenn sie uns zusammen sehen? Benito war wie immer pünktlich und wie immer sah er gut aus. Er gab mir zur Begrüßung einen Kuss auf den Mund. Kleine Schritte, sagte ich zu mir, kleine Schritte!

Wir fuhren zu einem Italiener, wo man draußen auf der Terrasse sitzen konnte. Das Restaurant war klein, vielleicht passten gerade mal 50 Personen rein. Doch dafür war die Terrasse sehr groß. Die Tische waren ordentlich hintereinander in mehreren Reihen aufgestellt. Die Stühle waren braun mit korbgeflochtenem Muster und sehr bequem. Denn das ist wichtig, finde ich, damit sagt doch jeder Gastronom Willkommen zu seinen Gästen. Hierher können wir öfter kommen, dachte ich mir. Komisch war es nur, dass ich es noch nicht mal kannte, obwohl ich nicht weit weg von hier wohnte.

„Hallo Benito", hörte ich eine Stimme sagen. Der Kellner begrüßte Benito, als ob sie sich schon lange kannten. „Wer ist denn die hübsche Dame neben dir?", fragte er. „Entschuldige bitte, das ist meine Freundin Melis. Melis, das ist Wilson. Er ist ein guter Freund von mir." „Freut mich", sagte Wilson. „Mich auch." Benito hatte mich als seine Freundin vorgestellt. Ich war überglücklich, auch wenn ich wusste, dass man das Wort *Freundin* zweideutig verstehen konnte. Ich meine, Freundin kann man ja auch als Kumpel sehen oder auch als Lebenspartner oder als geliebte usw.

Ich sollte jetzt aufhören, mich verrückt zu machen und mich als seine Liebe sehen. Ja, als seine große Liebe! War ich das denn? Wer weiß, wie viele Freundinnen er gehabt hat. Vielleicht auch Ex-Ehefrauen. Wie konnte ich denn so was fragen und zwar so, als ob es mich nur nebenbei interessieren würde. Wollte ich das alles denn wissen? Was sage ich, wenn er dann auch etwas Intimes von mir wissen möchte? Sage ich ihm dann, ich bin noch Jungfrau? Dass er mein erster Freund ist? Würde er sich glücklich schätzen darüber oder würde er mich auslachen? Am besten, ich frage ihn gar nicht, dann kommt er nicht auch auf den Gedanken, mich zu fragen. Er guckte mich an und sagte: „Wenn ich nur deine Gedanken wüsste, die du immer hast, wenn wir zusammen sind!" Merkte er das etwa? „Du bist immer so still und manchmal auch abwesend, aber irgendwie gefällt mir das, dann bist du so geheimnisvoll." Was sollte denn bei mir geheimnisvoll wirken? Egal, Hauptsache, es gefällt ihm. Dann werde ich wohl öfter meine Gedanken sortieren. Er erzählte mir eine Geschichte mit Wilson, die er erlebt hatte. Dass er oft hierher zum Essen kommt und im Sommer die Terrasse gerne nutzt. Jedenfalls schmeckte das Essen hier. Ich hatte mir Spaghetti mit frischen Tomaten bestellt mit etwas Rucola darauf . Dazu gab es Pizzabrot mit Knoblauch. Benito aß Spaghetti mit Meeresfrüchten. Ich habe natürlich nur die Hälfte gegessen, weil ich nicht wollte, dass Benito denkt, ich würde viel essen. Obwohl das bei meiner Statur nicht zu übersehen war. Er fragte, ob es mir nicht schmeckte, doch ich antwortete knapp, dass es zu viel war und ich schon satt sei. Es waren auch große Portionen, doch ich hörte nicht auf meinen Hunger und hörte auf. Ich musste unbedingt noch abnehmen. Ich musste es einfach weiter schaffen.
Wir saßen noch stundenlang auf der Terrasse. Tranken mal warme, mal kalte Getränke. Benito aß Nachtisch und diverse Kleinigkeiten. Er fragte mich immerzu, ob ich nicht auch noch etwas essen wolle, doch ich lehnte immer dankend ab. Wie kann ein Mann so viel essen und trotzdem eine gute Figur haben? Wenn eine Frau sovicl essen würde, hätte sie es gleich auf den Hüften, und zwar die nächsten Jahre! Er machte sicherlich Sport, das machte ich ja nicht. Ich nahm mir jeden Tag vor, joggen zu gehen, doch lieber schlief ich

länger. Warum hatte ich denn auch keinen Salat gegessen? Mein schlechtes Gewissen kam wohl zu spät.

Es war schon dunkel und es wurde kühler, ich zog meine Jeansjacke an. Dabei rückte Benito näher zu mir und legte seinen Arm um meine Schultern. Er wollte mir wohl damit sagen, dass er mich wärmt. Es gefiel mir so sehr, in seinen Armen zu sein, dass ich nicht mehr aufstehen wollte. „Möchtest du noch mit zu mir kommen?", fragte er mich. Erschrocken über diese Frage ließ ich das Wasserglas in meiner Hand herunterfallen. Wie peinlich! Sofort stand Benito auf und sammelte die Scherben, während ich reglos dasaß. Mir war es peinlich aufzustehen, also blieb ich stur sitzen. Der Kellner Wilson war sofort da und versicherte uns dass es o.k. sei und es ja jedem passieren könnte. Wieder auf seinem Platz, umarmte er mich. Als ob nichts gewesen wäre. So war es ja auch, das hätte wirklich jedem passieren können. Ich stellte mich auch an. „Wir könnten ja einen Film zusammen gucken", sagte er schließlich. Dachte er etwa, nur weil ich mich umarmen lasse, dass ich auch gleich mit ihm schlafe? „Gerne", hörte ich mich sagen. Das konnte doch nicht wahr sein. War ich denn so leicht zu haben? Wieso sagte ich etwas anderes, während ich was anderes dachte? Ging das jedem so? Er zahlte die Rechnung und wir standen auf. Wilson verabschiedete sich noch von uns und ich entschuldigte mich für das Glas, was er aber schon vergessen hatte. Kein Wunder, dachte ich mir, er hatte ja auch genug zu tun, da kann er ja nicht an meinen Zwischenfall denken. Auf dem Weg zu Benito fragte ich mich, warum er nicht zu mir wollte? Womöglich, weil ich ihn nie gefragt hatte. Er konnte sich ja auch nicht selbst bei mir einladen. Ich sollte aufhören, weiter unnötiges Zeug zu denken. Ich muss doch heute mit Schritt eins anfangen, damit ich irgendwann bei Schritt sieben bin. Also gehe ich jetzt mit ihm mit und lasse alles auf mich zukommen.

Als wir in seiner Wohnung waren, nahm er mir die Jeansjacke ab und küsste mich auf den Mund. Drehte sich kurz danach schnell weg und entschuldigte sich für seinen Ausrutscher. Das hatte ich nun davon. Er nahm wohl das ernst mit gestern Nacht, dass ich noch etwas Zeit bräuchte usw. Wie sollte ich ihn jetzt auf die Nummer sieben vorbereiten, wenn er noch nicht mal mit der Nummer eins anfängt? Also sollte ich es in die Hand nehmen. Ich ging auf ihn zu, gab ihm einen Kuss auf die Wange. Dann auf den Mund. Er schaute mich etwas irritiert an, doch er verstand, nahm mich in den Arm und ich spürte seine Zunge in meinem Mund, wie er meine suchte. Er küsste mich sanft und langsam, was mich lockerte, seine Hände glitten über meinen Körper. Er berührte meinen Hintern und stieg zu meinem Busen hoch. Da war es wieder einmal geschehen, ich schubste ihn wieder von mir weg. Wenn ich so weitermache, denkt er, ich bin noch irre! Er lächelte und sagte: „Darin hast du gute Übung!" Ich wusste nicht, ob ich auch lächeln oder gehen sollte. Schließlich hatte ich diesmal angefangen und irgendwie war ich stolz auf mich. „Entschuldige bitte", kam leise aus meinem Mund. „Solange ich jedesmal etwas mehr von dir spüre oder taste, ist es in Ordnung für mich" sagte er. Wie sollte ich das auffassen, als Kompliment, oder ist er jetzt eingeschnappt? Den Eindruck machte er nicht, also fasste ich es als Kompliment auf. Damit habe ich Schritt eins bestanden, sagte ich mir. Sein Lächeln war aufrichtig, das sah ich, er war nicht sauer, das ist sicher. Wir beschlossen, zusammen Karten zu spielen. Er hatte Romeo da, und ich brachte ihm es auf Türkisch bei. Der Gewinner sollte den anderen zum Essen einladen. Wieder drehte sich alles ums Essen. Er kapierte das Spiel sofort und wir fingen an. Das Spiel hatte elf Runden, und wer zuletzt die wenigen Zahlen hatte, hatte gewonnen. Ich war in Führung bis jetzt, ich hatte das auch früher oft mit meinen Brüdern gespielt. Meine Brüder waren jünger als ich, der eine drei, der andere sechs Jahre jünger. Was würden die wohl sagen, wenn die wüssten, dass ich hier mit einem Mulatten-Dominikaner Romeo auf Türkisch spiele? Ich nahm mir vor, beide anzurufen. Da ich eine sehr enge Beziehung zu ihnen hatte, sollte ich sie demnächst mal Benito vorstellen. Natürlich erst dann, wenn wir länger zusammen sind. Ich hatte noch zwei Schwestern, die eine drei Jahre älter als ich, die andere unser Nesthäkchen, die 14 Jahre jünger war als ich. Sie war natürlich unser aller Liebling, doch mit mir hatte sie einen besonderen Draht. Sie würde sich freuen, wenn sie wüsste, ich habe einen Freund, also werde ich es ihr wohl gleich morgen als Erstes erzählen!

Nach der elften Runde hatte tatsächlich Benito gewonnen. Das war natürlich nur Anfängerglück, sagte ich ihm. Er nahm es an und fragte, wann er mich wieder schlagen könnte. „Wann du Zeit hast", kam die Antwort. Hatte ich das tatsächlich gesagt? Der Abend hat mich wohl aufgelockert. Wir hatten ja auch viel Spaß gehabt. Ist Lachen nicht das Wichtigste nach Vertrauen in einer Beziehung? Dann haben wir schon mal ein wichtiges Detail in unserer Beziehung. Gegen drei Uhr morgens fuhr mich Benito nach Hause. Natürlich hatte er mir angeboten, bei ihm zu schlafen, er hätte auch gerne die Couch genommen, doch ich lehnte dankend ab und schob die Arbeit vor. Wir verabschiedeten uns mit einem langen Kuss und ich ging in meine Wohnung. Kurz darauf bekam ich eine SMS von ihm. Er bedankte sich für den wundervollen Tag, für den Abend und die Nacht und entschuldigte sich dafür, dass er mir Zeit von meinem Schlaf geraubt hatte. Zuletzt bekam ich noch einen Kuss in Computerschrift! Wer braucht den Schlaf, wenn man einen Mann hat, der einem das Gefühl gibt, etwas Besonderes zu sein? Ich fühlte mich wichtig in seiner Nähe und nicht so nutzlos wie vorher in meinem Leben. Für den nächsten Tag hatten wir uns nicht verabredet, doch ich war mir sicher, dass er sich melden würde. Ich werde einfach warten, bis er sich bei mir meldet. So lange werde ich die kurze Nacht an seine Küsse und Hände an meinem Körper denken. Mit einem Lächeln schlief ich ein. Der Arbeitstag ging schnell für mich rum. Ich wusste noch nicht einmal, ob ich gearbeitet hatte, meine Gedanken waren nur bei Benito. Er wollte sich doch melden, doch bis jetzt hatte ich nichts von ihm gehört. Vielleicht wartete er auf meinen Anruf? Nein, ich warte, bis er mich anruft. Das ist doch lächerlich, mich so anzustellen. Zu Hause ließ ich mir ein Bad ein mit viel Schaum. Am liebsten nahm ich ein Bad im Winter, wo ich auch überall Kerzen anzündete, doch das ging zu dieser Jahreszeit nicht. Ich werde das mit Benito zusammen machen noch diesen Winter. Wir werden zusammen baden im Kerzenlicht. Bis dahin werde ich weniger auf den Hüften haben, sodass wir beide ohne Probleme in die Wanne passen. Ich stieg in die Wanne und legte natürlich mein Handy neben mich in Reichweite, falls es klingeln sollte. Mein ganzer Körper entspannte sich im warmen Wasser. Ich überlegte mir, wie es sein wird, wenn Benito und ich mal zusammenziehen wollen? Ich möchte nicht gerne in seine Wohnung ziehen, dafür liebte ich meine Wohnunh zu sehr. Doch würde uns das ausreichen, eine kleine Zweizimmer-wohnung, wenn er auch mit seinen Möbeln und Kleidung einziehen würde? Na ja, für diese Frage ist es wohl noch zu früh!

Nach dem Baden stieg ich auf die Waage. Ganz natürlich, ohne ein kleines Detail von Kleidung auf mir. Die Waage zeigte 92 Kilo. War es deswegen weniger, weil ich nackt war? Oder hatte ich schon wieder zwei Kilo abgenommen? Ich hatte insgesamt fünfzehn Kilos verloren. Jetzt musste ich doch mindestens Größe 46 tragen können? Ich werde morgen einkaufen gehen und es testen. Mal sehen, was dabei rauskommt. Vielleicht kommt Angelique ja mit? Ich sollte sie einfach mal anrufen. Nach dem fünften Klingelton nahm sie ab. „Hello", sagte sie. Wie künstlich, „Hello"! Kann sie nicht wie jeder normale Mensch „Hallo" sagen? Schon regte sie mich auf. Ich musste mich über mich selber wundern, denn früher hatte mich Angelique nie aufgeregt, und verändert hatte sie sich ja nicht. Ihr Freund war doch kein Engländer oder Amerikaner, oder doch? Er hieß Jason, also musste er aus dieser Richtung sein. Angelique war dafür bekannt, ihre Sprache zu ändern, wenn sie einen Freund aus einem anderen Land hatte. Vor kurzem war sie mit einem Spanier zusammen, da sagte sie nur „Hola"! Davor war es ein Türke, da hieß es nur „Merhaba"! Also, wo kam wohl ihr Neuer her? Hatte sie mir überhaupt von ihm erzählt? Außer die böse Trennungsgeschichte? „Hast du morgen Zeit für mich?", fragte ich sie schließlich. „Yes, my darling, of course." Konnte sie nicht wie ein normaler Mensch antworten? „Ich habe ab 13 Uhr frei", sagte ich. „Treffen wir uns dann wie immer im Café?" „O.k., bin dann da", sagte sie und legte auf. Kein Tschüss, kein Wie geht's, gar nichts wollte sie wohl wissen. Langsam musste ich doch wissen, wie sie ist. Immer, wenn Angelique einen Freund hatte, hatte sie nie Zeit für andere. Nicht für ihre Familie, nicht für ihre Freundin. Komisch, dass ich immer noch mit ihr befreundet war. Das Telefon klingelte. Vielleicht wollte sie sich bei mir für ihre Unhöflichkeit entschuldigen. „Ja", sagte ich beim Abnehmen. „Hattest du einen schönen

Tag?", fragte mich eine Herrenstimme. Ich schluckte und schaute sofort auf das Display: Es war Benito. Er hatte mich nicht vergessen. Mein Herz raste, und es kam nur ein kleines Ja heraus. „Meine Arbeit hat gerade angefangen, ich wollte nur schnell deine Stimme hören und fragen, ob du heute Abend eine Stunde Zeit für mich hast?" Ohne dass ich antworten konnte, fügte er noch hinzu: „So gegen 23 Uhr?" Ich wusste nicht, was ich antworten sollte, doch er fuhr fort: „Ich weiß, da ist es sehr spät, und du musst morgen früh wieder arbeiten, doch ich würde dich gerne sehen." „Ich würde mich sehr freuen, auch dich zu sehen, soll ich dich von deiner Arbeit abholen?" Was hatte ich da gerade gesagt? „Das würde mich sehr freuen, du weißt ja, wo du hinkommst. Ich verspreche dir, nur eine Stunde, damit du noch Schlaf bekommst." „Bis nachher", sagte ich und legte auf, ohne abzuwarten, was er noch zu sagen hatte. Jetzt war ich schon wie Angelique.

Wie kam ich dazu, ihm zu sagen, dass ich ihn abhole? Doch eine schlechte Idee war es nicht, zur Abwechslung sollte ich ihn abholen, auch wenn es nur zu Fuß ist. So hatte ich noch genügend Zeit, mich fertigzumachen. Pünktlich um 23 Uhr stand ich vor dem Restaurant, wo Benito arbeitete. Ich hatte eine graue Leinenhose an, darüber ein schwarzes Hängerkleid bis zu den Knien. Die Hose saß passend auf der Hüfte, und es war kein Bauchring zu sehen. Das letzte Mal, als ich diese Hose anhatte, waren rechts und links Bauchringe über der Hose. Irgendwann wird sie dir zu groß sein, sagte ich mir, und der Gedanke gefiel mir. Ich öffnete die Tür vom Restaurant und ging hinein. Ich kam in einen großen Raum, der zu zwei Hälften getrennt war. Ich stand an der Eingangstür und da sah ich Benito, der sofort auf mich zukam und mir einen Kuss auf den Mund gab. Was irgendwie unangenehm war, denn alle seine Kollegen guckten mich an. Doch Benito sah sichtlich froh aus, dass ich da war. Er zog sich auch schon seine Jacke an und verabschiedete sich von seinen neugierigen Kollegen. Diesmal hatte er mich nicht vorgestellt. Doch das sollte ja nichts heißen, vielleicht verstand er sich nicht mit allen und wollte nicht, dass ich die kennenlerne. „Wo gehen wir hin?", fragte ich ihn. „In der Nähe ist eine Tapas-Bar. Wenn du möchtest, können wir dorthin, ich habe großen Hunger". Das war ja klar, ohne ein Essen werden wir uns wohl nie sehen. Also gingen wir in eine Tapas-Bar, die in der Nähe seiner Arbeit war. Dabei hielten wir Händchen, wie Teenager, dachte ich, und es gefiel mir. Ich war so aufgeregt und redete nicht viel. Wann wird endlich meine Schüchternheit verschwinden? Wann kann ich mich normal mit ihm unterhalten? Bestimmt, wenn wir erst miteinander geschlafen haben, dann werde ich mich überwinden und ganz offen für alle Gespräche sein. Ich muss nur Geduld haben. In der Bar bestellte ich mir einen schwarzen Tee. Benito wie immer was zu essen. Er fragte mich mehrmals, ob ich was essen möchte, doch ich lehnte immer dankend ab. Um diese Uhrzeit würde sich alles nur doppelt an meinem Körper ansetzten. Lieber gehe ich ins Bett, ohne etwas im Magen zu haben. Vielleicht nehme ich im Schlaf ab! Im Schlaf abnehmen, das wäre super. Es gibt doch bestimmt Bücher darüber. Die sollte ich mir besorgen. Als Benitos bestelltes Essen kam, bekam ich sofort Hunger. Er bekam mehrere kleine verschiedene Gerichte. Kleine Hähnchenschenkel, Aioli, Mozzarella-Sticks, Blumenkohl im Teigmantel und Champignons in Öl gebraten, wohl bemerkt. Doch es fehlte ihm etwas und er bestellte sich eine Salsasoße dazu, und Brot durfte ja auch nicht fehlen.

In meinem Mund lief das Wasser zusammen. Wieso tat er das? Wollte er mich ärgern? Wie sollte ich da widerstehen können? Ich erwischte mich dabei, wie ich Benito beobachtete, wie er seinen ersten Biss nahm. Er aß so genüsslich. Er nahm einen Hähnchenschenkel, dippte ihn in die Salsasoße und schob es sanft in meinen Mund. Es schmeckte köstlich, jetzt hatte ich richtig Hunger bekommen. Es schmeichelte mir, dass er mich nie vergaß. Auch wenn ich nicht wollte, gab er mir immer von seinem Essen etwas ab. Ich war ja bekannt dafür, dass ich mein Essen nicht teile. Jedenfalls nicht gerne. Nein, gar nicht! Wie hielt er bloß seine Figur so in Form, jedesmal wenn wir uns sahen, aß er etwas, und das nicht wenig! Was für ein Traummann! Ich esse doch auch gerne, aber ich wollte es wissen, wie schaffte er das? „Wie kannst du so viel essen und trotzdem deine Figur halten?" Hatte ich das gerade gefragt? Er lachte ziemlich laut. Machte er sich jetzt über die Frage lustig? Er hatte ja recht, ich würde mich auch darüber lustig machen; was für eine blöde

Frage! „Nun ja, ich stehe und laufe viel auf der Arbeit, und wenn ich Zeit habe, jogge ich." Ich wusste es, er geht joggen. Er versuchte, mich immer wieder zum Essen zu überreden, doch ich lehnte dankend ab. Wir saßen bis ungefähr zwei Uhr nachts in der Bar zusammen. Ich wunderte mich darüber, dass ich nicht müde wurde. Ich war es nicht gewohnt, um diese Zeit wach zu sein. Doch seit ein paar Tagen störte mich das nicht. Früher war ich schon gegen 22 Uhr im Bett; früher war ja auch mein Leben langweilig! Ich merkte nie, wie schnell die Zeit verging, wenn ich mit ihm zusammen war. Er hatte wohl gemerkt, dass ich auf die Uhr geguckt habe. Jedenfalls bestellte er die Rechnung. Dabei rückte er zu mir und gab mir einen Kuss auf die Wange. Mir wurde sofort heiß, bestimmt wurde ich rot. Ich hatte mich selbst nie beim Rotwerden gesehen, aber merken tat ich es. Angelique sagt dann immer, dass meine Wangen rot sind wie Kirschen. Wir standen auf und gingen den Weg zurück und zu seinem Auto. Er umarmte mich diesmal intensiver, eine Hand an meiner nicht existierenden Taille. Mit der anderen Hand hielt er meine Hand. Ich fühlte mich bei ihm so geborgen. Fühlte man das immer, wenn man jemanden traf und alles stimmte? Ist die erste große Liebe, wie man sagt, immer so gut? Angelique sagt doch immer, die erste große Liebe vergisst man nicht. Hatte sie diesmal recht? Ich wusste zwar nicht, wer ihre erste große Liebe war, aber meine stand fest, es war definitiv Benito! Wer war wohl seine große Liebe gewesen? Ist es denn jetzt an der Zeit, ihn über Ex-Freundinnen zu fragen? Wie lange seine letzte Beziehung her ist, und ob er schon mal verheiratet war? Kann ich ihm all die Fragen stellen?

Gegen zwei Uhr brachte mich Benito nach Hause. Ich bedankte mich und beugte mich vor, ihm einen Kuss auf die Wange zu geben, doch er drehte sich um und seine Lippen berührten meine Lippen. Es ist immer ein unbeschreibliches Gefühl, wenn er mich küsste. Er sollte nie wieder aufhören, mich zu küssen. Dabei löste ich mich langsam von ihm und stieg vom Auto aus. Wieso waren meine Gedanken so anders und meine Taten anders? Er lächelte mir nur zu und ich verschwand in meine Wohnung. Er wird noch denken, dass ich das mit Absicht mache, ihn erstmal heiß mache und dann abhaue. Ich sollte ihm sagen, dass er der

Erste ist, und dass ich noch Jungfrau bin. Dann hätte er sicherlich Verständnis für mein Benehmen. Vielleicht würde ihn das aber auch abschrecken. Doch ich könnte schreien, so glücklich war ich, mein Blick fiel auf die Waage, doch ich nahm mir vor, in einer Woche daraufzusteigen. In einer Woche werde ich wohl mindestens fünf Kilo weniger schaffen, wenn ich so weitermache. Also nahm ich mir vor, morgen gar nichts zu essen und nur viel zu trinken. Das sollte für morgen der erste Schritt sein. Als zweiten Schritt sollte ich mit Angelique Klartext reden, wie sie sich das mit unserer Freundschaft weiter vorstellt, wenn sie kein Interesse hat, etwas Gutes aus meinem Leben zu erfahren. Als Drittes werde ich mich mit Benito treffen und ihn über seine Verflossenen ausfragen. Dazu werde ich ihm sagen, dass ich noch eine Jungfrau bin und er mich bitte vorsichtig behandeln soll. Was für ein Quatsch, wieso sollte er mich vorsichtig behandeln? Ich sollte einfach alles auf mich zukommen lassen! Am nächsten Tag verlief meine Arbeit sehr ruhig ich hatte kaum Anrufer, die verbunden werden wollten. Heutzutage gibt es ja auch Internet, dachte ich, dort bekommt man ja auch alles beantwortet. Nach der Arbeit, wie verabredet, traf ich Angelique in unserem Lieblingscafé. Sie saß schon im Raucherbereich und hatte sich einen „Pfosten Macchiato" bestellt, woran sie langsam nippte. Anscheinend war sie schon früh da gewesen und ich wusste auch warum, sie hatte ja immer noch keine Telefonnummern von einem der beiden bekommen. Irgendwie gefiel mir das. Das war nicht üblich bei Angelique, sie sah gut aus, hatte eine perfekte Figur, doch für die Jungs war sie wohl nicht interessant genug. Auch wenn sie nett waren, keiner der beiden sprach sie nach einem Date an. Als ich auf sie zukam, umarmte sie mich herzlich zur Begrüßung. „So lange habe wir ja noch nie eine Pause gehabt", sagte sie schließlich. Woran das wohl lag, dachte ich.

Doch diesmal lag es wohl an mir. Das erste Mal hatte ich keine Zeit gehabt und war mal mit meinem Freund beschäftigt, und nicht mit ihren Freunden. Das wusste sie offensichtlich und hielt es nicht für nötig mal nachzufragen, wer er war, wie es lief und was bis jetzt passiert war. Ob wir uns nähergekommen waren oder ob ich ihm meine Blume geschenkt hatte. „Du hast aber abgenommen! Wie lange haben wir uns denn nicht gesehen, einen Monat?" Dabei lachte sie künstlich laut vor sich hin. Ich setzte mich wortlos zu ihr und bestellte mir ein Wasser mit Zitrone. Dabei merkte ich Angeliques komischen Blick in meine Richtung. Ja, ich trinke Wasser, etwas ganz Neues. Ohne Worte tranken wir unsere Getränke. Das war uns noch nie passiert, dass wir kaum miteinander sprachen. Sonst reichte uns der Tag nicht, uns zu unterhalten. Ich gab auf und fragte Angelique, ob es was Neues in ihrem Leben gibt und was sie so die letzte Woche gemacht hat, da wir uns nicht oft gesehen hatten. Früher war das anders, da hatten wir uns täglich gesehen. Doch wir wussten beide, dass das diesmal nur an mir lag. Sie hatte ständig einen Freund und ich das allererste Mal. Doch irgendwie hatte sie immer Zeit für mich gehabt, nur ich nicht für sie. Warum gab ich ihr dann die Schuld? Gut, sie hatte sich nicht nach ihm erkundigt oder mit mir sich gefreut, aber sie war doch meine beste Freundin! Da sollte uns doch kein Mann auseinanderbringen können! Nein, ich werde jetzt nicht weich werden. Sie hatte es ja noch nicht mal für nötig gehalten, sich über meinen Gewichtsverlust zu erkundigen. Wie viel ich abgenommen hatte oder wie, interessierte sie in keinster Weise. Nein, sie wollte gar nichts von mir wissen, also hat sie doch Schuld und nicht ich. Sie erzählte mir, dass sie wieder mit Jason zusammen war, den ich ja mit ihr vor ihrer Haustür gesehen hatte. Vor zwei Wochen sei er bei ihr eingezogen, aber das wüsste ich ja schon, bemerkte sie dazu. Ihm wurde auf seiner Arbeit gekündigt, weil er sich mit einer Kollegin eingelassen hatte, was man wohl nicht durfte, und diese Kollegin zugleich auch die Frau vom Chef gewesen war. Jedenfalls sei ja alles vor ihrer Zeit gewesen und sie hätte ihn an dem Abend seiner Kündigung in der Disco kennengelernt, und er war ihr gegenüber so aufrichtig. Das schätzte sie natürlich sehr, und dabei tat er ihr so leid, dass sie ihm anbot, bei ihr zu schlafen. Wie das dann kam, verbrachten sie die Nacht mit viel Liebe zusammen und sie fragte ihn, ob er bei ihr einzog. „Natürlich wollte er erst gar nicht." Natürlich dachte ich mir, sie hatte ihn dazu überredet und sie war ja bekannt dafür Menschen in Not zu helfen. „Sicher, das bist du", hörte ich mich sagen. Wieso konnte ich ihr nicht wirklich meine Meinung darüber sagen, wie zum Beispiel, dass es wohl so aussieht dass der liebe Jason sie nur ausnutzt, dass er ein Ehebrecher ist, dass er nicht sie, sondern ihre Wohnung braucht. Wieso war ich so feige, meiner besten Freundin die Augen zu öffnen?

Früher habe ich doch das auch getan. Ich habe sie nie belogen, habe ihr stets meine Meinung gesagt und auch vertreten. Also, warum konnte ich das jetzt nicht mehr? Ändert man sich, wenn man einen Freund hat, seinen Mitmenschen gegenüber? Ist einem alles egal, Hauptsache man ist selber glücklich? Oder hatte ich bloß Angst vor ihrer Reaktion? Sie war ja auch nicht gut beim Einstecken. Austeilen konnte sie ohne Probleme, aber wenn man ihr eine schlechte Meinung sagte, die sie selber betraf, da konnte sie ganz schön verletzend sein. Wie das eine Mal bei ihr zu Hause: Wir hatten uns vorgenommen, zusammen etwas Leckeres zu kochen und einen Videoabend zu machen. Wir hatten die besten romantischen Filme ausgeliehen, wie zum Beispiel *Notting Hill*, den ich immer noch besonders gern sehe. Jedenfalls haben wir uns Spaghetti mit einer Sahne-Mett-Soße gekocht und hatten zum Nachtisch reichlich Süßigkeiten bereit. Wie das Schicksal es wollte, klingelte ihr Telefon und es war ihr damaliger Freund Carlos, glaube ich. Sie telefonierten fast eine Stunde miteinander, bevor sie sich entschlossen hatte, sich doch nachher noch mit ihm zu sehen. Ich dachte, ich höre nicht richtig. Ich fragte sie, was mit unserem Abend sei. Als Antwort bekam ich nur, dass wir das wohl jeden Tag machen könnten und auf ihn könnte sie jetzt nicht verzichten. Ich wurde richtig sauer und sagte ihr, dass ich das niemals mit einer Freundin machen würde; sie wegen eines Mannes sitzen lassen käme bei mir nicht in Frage! Daraufhin sagte sie mir, dass sie das auch nie erleben würde, da ich so, wie es aussah, nie jemanden kennenlernen könnte. Ich solle auch nicht eifersüchtig sein auf sie, die eine hätte es eben, die andere nicht. Das besondere Etwas natürlich, das gab es nur bei ihr. Wenn ich ehrlich bin, hatte ich doch am Wochenende genau dasselbe mit ihr getan, ich hatte sie für einen Mann sitzen lassen. Daran könnte sie mich doch auch erinnern. Also entschloss ich, ihr nicht meine Meinung zu sagen! Sie war alt genug, um selber herauszufinden, wie der Herr Jason war. „Woher kommt er eigentlich?", fragte ich sie stattdessen. „Er ist in Deutschland geboren, aber seine Mutter ist Engländerin." Sie erzählte voller Stolz, dass er ihr Englisch beibrachte. Natürlich nicht das Schulenglisch, was sie kannte, er formulierte auch ihren Satz wie ein Engländer, sodass man denken könnte, sie wäre aus dem Land der Königin. „Ach, du musst dir selbst ein Bild von ihm machen, er wird ja gleich zu uns stoßen." Was hatte sie da gerade gesagt? Wollten wir nicht heute zusammen einkaufen? Hatte ich ihr denn überhaupt gesagt, dass ich mit ihr einkaufen wollte? „Ich hatte eher gedacht, dass wir beide zusammen einkaufen gehen würden", sagte ich ruhig und gelassen. „Ach, Darling, shoppen kannst du ja auch morgen, möchtest du denn nicht meinen Freund kennenlernen?"

Mir blieb keine Zeit zu antworten, da sprang sie schon auf und lief zur Tür, um ihren Liebsten zu empfangen. Sie umarmte und küsste ihn, als ob sie sich wochenlang nicht gesehen hätten. Für mich wirkte es so, als ob sie alles nur spielte, damit der eine Kellner sie beachtete. Mir sollte das egal sein, ich werde mir meinen geplanten Tag nicht kaputt machen. Doch es war eine Frechheit, ihn hierher zu bestellen. Außerdem, warum entschied sie darüber, wann ich einkaufen gehe und wann nicht? Viel schlimmer war es doch, warum ich es mir gefallen ließ. Sie zog Jason hinter sich her und redete davon, dass er unbedingt ihre beste Freundin kennenlernen musste. Mit einem Lächeln kam er auf mich zu und streckte mir seine Hand entgegen. Er sah gar nicht schlecht aus, stellte ich fest. Er hatte grüne Augen, einen dunklen Teint, was nicht Natur war, und gepflegte weiße Zähne. „Wenn ich gewusst hätte, dass meine Liebste so eine schöne Freundin hat, dann hätte ich ihr doch eher die Ehre gegeben", sagte Mr. Jason. Was für eine Ehre meinte er? Etwa, dass es eine Ehre ist, ihn oder mich kennenzulernen? Jedenfalls hörte ich das Wort „schön" und meine Person zusammen in einem Satz sehr gerne. War ich denn schön? Anscheinend hatte es ein wenig geholfen, die Kilos zu verlieren. Obwohl mich noch keiner darüber angesprochen hatte bis jetzt. Noch nicht mal auf der Arbeit war es jemandem aufgefallen. Benito sagte nichts darüber, auch die zwei netten Bedienungen im Café, wo ich doch oft hier war, hatten es nicht bemerkt. Wie denn auch, dachte ich.

Ich zog ja immer noch lockere, weite Kleidung an. Ich sollte mir heute mal etwas Engeres gönnen. Etwas, wo man sehen sollte, dass in den letzten Wochen einiges Gutes mit meinem Körper geschehen ist. So vergingen zwei Stunden meiner kostbaren Zeit im Café. Angelique bestellte sich immerzu etwas zu trinken, was uns auch liebevoll vom Kellner gebracht wurde. Sie lachte laut und umklammerte ihren Liebsten und guckte immerzu in die Richtung der beiden Kellner. Es war deutlich, dass sie Interesse an beiden zeigte, doch sie wurde nur wie ein Gast behandelt und das gefiel ihr gar nicht. Also versuchte sie, mit Jason heute beide ein wenig eifersüchtig zu machen und Jason spielte sehr gut mit, auch wenn er für heute ihr Spielzeug war. So hatte ich mir meinen Tag nicht vorgestellt. Ich wollte doch viele schöne Sachen kaufen und Benito jeden Tag besser gefallen. Schließlich war es Sommer und es flog Liebe in der Luft, zumindest in meiner Luft. Somit nahm ich mir vor, mich zu verabschieden und selbst meinen Einkaufsbummel in die Hand zu nehmen.

Ich verabschiedete mich von beiden, was nicht einfach war, denn Jason bestand darauf, gemeinsam noch essen zu gehen und abends noch ins Kino. Doch ich blieb stark und lehnte dankend ab. Angelique sagte gar nichts dazu. Beim Verabschieden sagte sie noch „See you!" Merkte sie denn gar nicht, wie lächerlich sie sich machte? Sie hatte es weiß Gott nicht nötig, sich so zu verstellen. Wieso blieb sie nicht so, wie sie ist? War sie schon immer so gewesen oder merkte ich es nur jetzt? Hatte ich mich so sehr verändert? Auf dem Weg ins Kaufhaus dachte ich lange über meine Freundschaften nach. Meine allerbeste Freundin war nun mal Angelique, wir kannten uns schon so lange und haben bis jetzt immer zusammengehalten. Früher waren wir insgesamt zu viert in einer Gruppe. Doch als wir raus aus der Schule waren, hatten wir die anderen zwei aus den Augen verloren. Das lag wohl auch daran, dass Angelique beide nicht wirklich mochte. Ich verstand mich mit allen. Doch bei den drei herrschte immer ein wenig Neid in der Freundschaft. Beide waren auch sehr hübsch, nicht hübscher als Angelique, aber auch nicht hässlich. Sie waren groß und hatten eine tolle Figur. Wenn wir irgendwohin zusammen gingen, dann wurden alle drei angesprochen. Manchmal

kam es auch vor, dass ein Mann alle drei anmachte. Das gefiel Angelique natürlich gar nicht. Bei mir brauchte sie nichts zu befürchten, mich machte kaum jemand, besser gesagt niemand an. Ich war keine Gefahr für sie. Bin ich deswegen seit Jahren ihre Freundin? Ich schob die schlechten Gedanken beiseite und konzentrierte mich aufs Einkaufen. Nach einem langen Einkaufstag und mit null Guthaben auf meinem Konto war ich endlich zu Hause angekommen. Ich hatte mehrere Kleider in Größe 46 gekauft. Hatte ich mir das nicht immer gewünscht? Nächstes Ziel war jetzt Größe 44. Doch was mache ich mit der ganzen Kleidung, wenn ich mehr und mehr abnehme? Ich konnte doch nicht bei jedem Kilo, was ich verliere, etwas Neues kaufen! Das konnte ich mir auch nicht leisten. Also werde ich einfach alles enger nähen lassen, wenn es so weit ist. Das habe ich mir für heute aber verdient. Das ist der Dank für die verlorenen fünfzehn Kilos. Ich zog alle Kleider nach der Reihe nochmals wie im Kaufhaus an. Es war ein wunderbares Gefühl, ohne ein Zwicken passte alles. Kein müheloses Reißverschlussziehen, keine Fettröllchen am Bauch und an den Hüften. Es passte perfekt. Ich werde bald richtig schlank sein und in einen Bikini passen. Ich werde bald Modelmaße haben. Ich stand vor meinem Spiegel und überlegte: Wollte ich denn so schlank sein? Hatte man mir nicht immer gesagt, dass mir meine Moppeligkeit steht? Wie nett das gesagt war, Moppel war ein Wort für Fett.
Ich mochte das Wort „Moppelchen" nicht. Es hörte sich an, als wäre man ein kleines, dickes zweijähriges Baby. Man sollte es gesetzlich verbieten, jemanden so zu nennen. Keiner aus meiner Familie nannte mich so; eigentlich sagten sie nie etwas Negatives über meine Figur. Manchmal machten wir Spaß und mein Bruder sagte zu mir, dass ich seit 24 Jahren schwanger sei. Ehrlich gesagt, sah ich nun wirklich nicht wie eine Schwangere aus. Vielleicht wie eine, die im sechsten Monat war. Jetzt bin ich wohl im vierten Monat. Das wäre super, wenn es eine Schwangerschaft gäbe, die im zehnten Monat anfängt und im ersten Monat aufhört. Dann wäre ich die Erste, bei der es so ist und man würde mich als ein medizinisches Wunder entdecken! Wieder einmal ist meine Fantasie mit mir durchgegangen. Ich sollte meinen Abend ruhig gestalten. Ich badete lange, zog mir meinen

weiten Lieblingspyjama an und setzte mich auf meinen Lieblingssessel. Ich nahm mir meine alten Fotoalben und blätterte hindurch. Ich stellte fest, dass ich von Jahr zu Jahr immer dicker wurde. Hatte ich denn jedes Jahr mehr gegessen? Von meinen Geschwistern war ich die Dickste. Meine Schwestern waren gertenschlank und meine Brüder auch. Der eine nahm mal zu, mal ab, aber dick war er nicht. Bei Männern sah das alles sowieso anders aus. Sie hatten ja alle auch Muskeln. Also war es nicht genetisch bedingt. Bald wird sich das ja ändern, bald bin ich genauso schlank. Meine Familie lebte in einem kleinen Dorf etwas weiter von der Stadt entfernt. Ich zog in die Stadt, weil ich es näher zur Arbeit hatte. Eigentlich besuchte ich sie jedes Wochenende, doch seitdem ich Benito kennengelernt hatte, war ich nicht da. Meine Mutter rief mich schon ständig an und forderte mich auf zu kommen. Doch ich wollte meine Tage nicht aufs Spiel setzen. Zumal alle immer am Wochenende unterwegs waren. Meine Brüder gingen aus, meine Schwestern waren kaum da, also sollte ich nicht die Einzige sein, die immer da war. Irgendwann, wenn ich Benito heirate, wird es meine Mutter schon verstehen und uns ihren Segen geben. So früh, ohne dass ich weiß, wie ernst es mit ihm ist, wollte ich es auch keinem von meiner Familie erzählen. Natürlich wusste meine kleine Schwester über alles Bescheid. Das reichte erst mal fürs Erste. Da meine Mutter sonst noch sofort meine Hochzeit plant und ihn unbedingt kennenlernen wollen würde, sollte es erstmal geheim bleiben. Ich blickte aus dem Fenster und schaute mit Freude hinaus. Der Himmel war klarblau und Benito arbeitete gerade. Heute hatte er mir kurz eine SMS am frühen Morgen geschickt, doch angerufen hatte er mich noch nicht. Ob er sich nach Feierabend meldet? In dem Moment schoss mir ein Gedanke durch den Kopf, wo ich nicht genau wusste, ob ich das sollte. Doch der Gedanke gefiel mir. Ich zog eines meiner neuen Kleider an, schminkte mich und band mein Haar zu einem Pferdeschwanz zusammen. Als mir klar wurde, wo ich war, war es schon zu spät um umzukehren. Ich stand vor dem Restaurant, wo Benito arbeitete. Als er mich sah, hatte ich das Gefühl, dass er sich ehrlich darüber freute, mich hier zu sehen. Er kam auf mich zu und gab mir einen Kuss auf den Mund. „Was für eine tolle Überraschung!" „Ich dachte, ich löse meine Spielschulden bei dir ein", sagte ich. Was für eine gute Idee, ihm das zu sagen! Somit kommt er nicht auf den Gedanken, dass ich vor Sehnsucht hierhergekommen sei. „Natürlich nur, wenn du Zeit hast", fügte ich hinzu. „Es ist mir eine Ehre", sagte er. Heute erwies ich wohl jedem die Ehre! „Du siehst wunderschön aus, einfach köstlich", sagte er, zeigte mir einen Sitzplatz, wo ich auf ihn warten sollte und verschwand. Ich sehe wunderschön und köstlich aus! Hatte ich das richtig verstanden, köstlich? Er hatte wohl Lust, mich zu vernaschen! Ich lachte in mich hinein bei dem Wort „vernaschen", das war ein lustiges Wort. Benito brachte mir ein Glas Apfelsaft und zwinkerte mir zu. Ich liebte Apfelsaft, das wusste er auch! Die letzten Male habe ich doch, wenn wir zusammen waren, nur Wasser getrunken. Vielleicht habe ich mal erwähnt, dass ich Apfelsaft mag, wer weiß. Obwohl es mir sehr schwer fiel, Wasser ohne Geschmack zu trinken, hatte ich das gut im Griff. Ich trank zu Hause auch nur noch Wasser. Früher hatte ich nur Säfte im Haus, jetzt kaufte ich mir nur Wasser, damit ich nicht mal in Versuchung komme. Keine Süßigkeiten mehr, kein Chips, kein fettiges Essen. Obwohl ich ja kaum was aß, außer wenn ich mit Benito zusammen war. Wie heute Abend, da musste ich jetzt etwas essen. Um diese Uhrzeit wird es bestimmt auch sich gut ansetzen. Egal, ab morgen esse ich ja wieder nichts. Hauptsache, die Kilos purzeln weiter so schnell runter. Ich beobachtete Benito bei seiner Arbeit. Er hatte eine sympathische Ausstrahlung und kam bei den Gästen gut an. Zumindest hatte es so den Anschein. Er war höflich und nett zugleich. Da fühlte man sich doch geborgen. Ich würde es tun. Wenn ich hier Gast gewesen wäre, würde er mir da auch auffallen? Oder hatte ich es seinem Tanzen zu verdanken, dass er mir aufgefallen ist? Immer, wenn er an mir vorbeiging, lächelte er mir zu. Er sah so gut aus! Für mich war er zumindest ein Traummann. Er war ja auch der Erste, und der Erste ist doch immer ein Traummann, oder? Das sollte ich Angelique mal fragen!

Vor mir saß ein Paar an einem Zweiertisch, das zusammen sichtlich Spaß hatte. Der Mann streichelte immerzu der Frau die Hand und die Frau rührte sich kaum. Er beugte sich nach vorne und gab ihr einen Kuss und selbst da kam nichts von der Frau. Ob das bei uns auch so aussah, fragte ich mich. Benito kam ja auch immer näher zu mir und ich saß still und ließ seine Küsse zu. Von meiner Seite aus passierte ja auch nichts Liebevolles ihm gegenüber. Doch der Mann streichelte und küsste die Frau trotzdem, auch wenn sie kühl und desinteressiert weiter saß. Das sollte sich heute ändern, nahm ich mir vor. Ich werde ihn heute auch streicheln und küssen. Wenn uns jemand zusieht, denkt man ja auch, ich hätte kein Interesse, und Benito könnte das ja auch denken und sich zurückziehen. So weit sollte es nicht kommen! Nachdem er Feierabend hatte, gingen wir wieder in die Tapas-Bar. Ich wollte genau das bestellen, was sich Benito letztes Mal bestellt hatte. Mir gingen die Hähnchenschenkel oder die gebratenen Champignons nicht aus dem Kopf. Auf dem Weg hielten wir wieder Händchen und ich schmiegte mich näher an ihn. Wobei er mich lächelnd anguckte und mich in den Arm nahm. Er versteht es, ohne dass ich was sagen muss. Das versteht doch bestimmt jeder Mann. Es lag doch bestimmt immer an den Frauen, wenn ein Mann keinen Körperkontakt bekam, oder? So weit war ich noch nicht, um das zu wissen. In unserer Beziehung waren wohl wir beide die, die Nähe mochten. Zumindest hatte ich heute zum ersten Mal den ersten Schritt gemacht. Gut, der erste Schritt war der Kuss gewesen, den er neulich von mir bekommen hatte. Ich war aber ein ganz schönes Früchtchen, und da regte ich mich über Angelique auf? Wir hatten uns genau das Essen bestellt wie gestern Benito, nur dass er alles doppelt bestellt hatte. Er will nicht, dass ich abnehme. Er wird ja wohl schon gemerkt haben, dass ich jeden Tag etwas weniger wog, doch warum sagte er nichts? Wieso fragte er mich nicht, ob ich eine Diät mache. In dem Moment musste ich über mich selber lachen: Wie sollte er denn überhaupt wissen, ob ich eine Diät mache, wenn ich doch jeden Tag mit ihm etwas esse? Er muss doch aber sehen, dass ich immer weniger werde? Am besten, ich warte mal ab, vielleicht sieht er das ja noch gar nicht. Also bekommt er eine Woche Zeit, mich darauf anzusprechen und wenn nicht, frage ich ihn einfach. Ich hatte fast alle kleinen Schälchen aufgegessen, wo ich erschrak und abrupt aufhörte. Wenn er mich fragen sollte, warum ich nicht weiter esse, sage ich ihm einfach, ich sei satt, wie ich das immer tue.

Doch er fragte noch nicht mal, er aß genüsslich weiter. Nur bei seinem letzten Stück stoppte er und schob es in meinem Mund!

Ich erinnerte mich daran was Benito mir über den Film, mit den zehn Regeln erzählt hatte es merkt, wann ein Mann eine Frau liebt. Immer, wenn er das letzte Stück vom Essen aufhob und es der Frau gab, die er zu lieben scheinen sollte, ja dann ist es sicher, dass er diese Frau liebt. In meinem Fall traf das wohl auch zu. Er hatte mir immer bis jetzt das letzte Stück überlassen. Also liebte er mich! Hatte jemals ein Mann Angelique sein letztes Stück überlassen? Ich schüttelte meinen Kopf. Es ist jetzt nicht der Zeitpunkt, über Angelique nachzudenken. Ich genieße meinen Abend mit Benito, und da ist niemand willkommen, noch nicht einmal in Gedanken. Als wir uns zum Gehen bereit machten, hatte Benito schon die Rechnung bezahlt. „Spielschulden sind Ehrenschulden", sagte ich. „Ich hatte dich heute eingeladen." „Dann musst du wohl erst mal gewinnen, um zu bezahlen, tut mir leid", sagte er ganz locker. Was für ein Charmanter Mann er lässt sogar jetzt die Rechnung nicht bezahlen. Es war gerade ein Uhr morgens und ich wollte nicht nach Hause, das stand fest. Ich hatte seit Tagen nicht genug geschlafen und trotzdem war ich nicht müde. Sollte ich ihn fragen, ob er noch mit zu mir kommen möchte? Wir gingen zu seinem Auto und er fuhr Richtung meine Wohnung. Er fragte noch nicht mal, ob ich nicht mit zu ihm kommen möchte. Ohne Worte fuhr er einfach zu mir nach Hause. Hatte er noch etwas vor? Ich hatte ihn ja relativ überrumpelt mit meinem Erscheinen, vielleicht hatte ich seine Pläne für heute durcheinandergebracht. Er blieb vor meiner Wohnung stehen. Sollte ich ihn jetzt fragen? Ich entschied mich, nicht zu fragen. Anscheinend wollte er nicht, dass ich zu ihm komme, also brauchte er nicht mit zu mir zu kommen. Ich bedankte mich und wollte aussteigen, da hielt er mich an meinem Arm fest, zog mich zu sich heran und küsste mich leidenschaftlich. Ich vergaß alles, was ich vorher dachte und ließ mich locker. Ich weiß nicht, wie lange wir uns geküsst hatten, aber es war ein langer, intensiver, wunderschöner Kuss. Ich wollte nicht, dass er aufhörte, und in dem Moment wurde er langsamer und hörte auf. Ich bemerkte, dass meine Augen noch zu waren, obwohl seine Lippen nicht mehr auf meinen waren. Ich öffnete meine Augen und merkte, wie ich wieder einmal rot anlief. Er lächelte mich an und wünschte mir eine schöne Nacht! Damit hatte er das wieder gutgemacht, dass er mich nicht zu sich eingeladen hatte. Ich musste auch nur noch zwei Tage arbeiten und da war es schon Wochenende. Das hieß nichts anderes als zwei Tage frei. Somit könnte ich mit ihm schlafen. Als ob das an der Arbeit lag, wann ich mit ihm schlafen werde. Außerdem muss ich mich mal an mein Sieben-Tage-Programm halten und es war ja erst Tag drei. Einen guten vierten Tag zu erwarten, schlief ich ein.

Am nächsten Morgen ging ich wie immer seelenruhig zur Arbeit, als ich an der U-Bahn-Haltestelle Angelique sah, die verheult einfach so dasaß. Ich wunderte mich, was sie an einer Haltestelle machte, da sie ja ein Auto hatte und immer mit dem Auto zur Arbeit gefahren ist. Sofort ging ich zu ihr rüber und fragte, was sie hatte, doch sie antwortete nicht. „Was ist passiert?", fragte ich immerzu. „Bringst du mich bitte nach Hause", sagte sie nach einer langen Pause. Zu Hause bei Angelique rief ich auf der Arbeit an und nahm mir für zwei Tage Urlaub. Das gefiel meiner Chefin überhaupt nicht, so kurzfristig Urlaub zu beantragen. Doch ich konnte Angelique in ihrem Zustand nicht alleine lassen. Ich hätte kündigen sollen, doch leider brauchte ich die Arbeit, um davon zu leben. Ich hatte Angelique ins Bett gelegt und sie schlief in Ruhe. Ich wusste nicht, wie ich sie aufmuntern sollte nach dem, was passiert war. Am liebsten hätte ich ihr gesagt, dass sie selber Schuld hatte, doch das konnte ich jetzt nicht sagen. Sie und Jason waren die Nacht tanzen gewesen. Es gab jeden Mittwoch einen Salsa-Abend in einem bekannten Club. Dort ging Angelique immer gerne hin, diesmal mit ihrem Freund. Warum ging ich denn nicht mit Benito dahin? Das sollten wir nächste Woche machen. Ich werde ihn einfach fragen, ob er Lust dazu hat. Jedenfalls hatte Jason sie den ganzen Abend nicht beachtet und mit einer rassigen Schwarzhaarigen getanzt. Als sie ihn darauf ansprach, warum er sie nicht beachtete, hatte er sie ignoriert und hatte den Club mit der Schwarzhaarigen verlassen. Als sich Angelique ebenfalls auf den Weg gemacht hatte, morgens gegen sechs Uhr, merkte sie, dass ihr Auto nicht mehr da war. Jason hatte den Autoschlüssel und war wohl mit dem Auto weggefahren. Da sie auch kein Taxigeld mehr hatte, musste sie mit der U-Bahn fahren. Wann sie wohl das letzte Mal mit der Bahn gefahren ist, überlegte ich mir. Somit hatte sie eine Stunde an der Haltestelle verbracht, weil sie nicht die Kraft hatte, einen Schritt nach Hause zu machen. Gut, dass ich sie gefunden habe, dachte ich mir. Wer weiß, was sonst noch geschehen wäre. Ich verstand nicht, wie man jemandem, den man kaum kannte, seinen Autoschlüssel überlässt. Warum war sie auch noch so lange geblieben und ist nicht nach Hause gefahren? Musste sie sich denn so klein machen? Sie hatte so viel Alkohol getrunken, wie es ihr Budget erlaubte. Ich wollte mir gar nicht vorstellen, wie sie zur Haltestelle gegangen ist. Hoffentlich hatte sie Jason nicht ihre Wohnungsschlüssel gegeben! Was sollte ich machen, wenn er einfach in die Wohnung kam?

Ich könnte Benito zu Hilfe rufen, falls Jason kommen sollte. Er könnte mein Retter sein. Er würde Jason erklären, dass man so nicht mit einer Frau umgeht und ihm die Auto- und Wohnungsschlüssel wegnehmen. Er würde ihm klarmachen, dass er sich nie wieder bei Angelique blicken lassen sollte. Danach würde er mich zu sich ziehen und mich küssen, die Tür vor Jasons Nase zuschlagen und Angelique ihre Schlüssel zurückgeben. Sie würde sich bei ihm bedanken und mich für meinen guten Geschmack loben! Jetzt spinne ich total. Meine Freundin hat Probleme und ich denke daran, wie Benito uns rettet. Natürlich werde ich ihn nicht rufen. Angelique wird das sicher alleine klären können. Ich hoffe, sie hat daraus gelernt und vertraut nicht so leicht irgendeinem Mann. Ich wusste nicht genau, was ich jetzt machen sollte und entschied, Frühstück für Angelique und mich vorzubereiten. Ihre Küche war ziemlich klein, aber es reichte für eine Person. In ihrem Kühlschrank lag alles durcheinander. Sie hatte mehrere Packungen Milch, die alle geöffnet waren. Die Marmelade hatte keinen Deckel und ihre Margarine war abgelaufen. So unordentlich sah es bei Benito nicht aus, obwohl er ein Mann war. Ich meine, man sagt ja, dass Frauen ordentlicher und sauberer sind. Doch Benito war ein Einzelfall bei den Männern. Zum Glück hörte mich niemand, das musste ja jedem auf die Nerven gehen, wie toll mein Freund war, doch bei mir spielte sich alles in meinen Gedanken ab. Ich war so stolz auf Benito, weil er einfach perfekt war. So gut konnte es doch nicht weitergehen, irgendwann musste doch was Negatives passieren. Das wird uns nicht passieren, sagte ich mir. Benito wird immer der Gentleman sein und bleiben. Jeder möchte so einen Mann haben wie ich, doch nur ich habe ihn. Ich machte uns Brot warm und fand Wurst und Käse im hinteren Teil des Kühlschranks. Setzte uns frischen schwarzen Tee auf und wartete darauf, dass Angelique wach wurde. Ich hatte großen Hunger, was mich wunderte, denn die letzten Tage hatte ich um diese Uhrzeit nie ein Hungergefühl bekommen. Das hatte ich wohl Benito zu verdanken. Wegen ihm aß ich abends so viel, aber ich hatte mir vorgenommen, diese Woche nicht auf die Waage zu steigen. Ich musste unbedingt wenigstens drei Kilo noch abnehmen.

Ich könnte ja mich heute Mittag mit Benito treffen, bevor er zur Arbeit geht. Dann könnten wir uns noch heute Nacht treffen und ich hätte die ganze Nacht Zeit, denn ich hatte ja morgen Urlaub. Darüber würde er sich bestimmt auch freuen. Doch dieser Gedanke war meiner Freundin gegenüber nicht fair. Sie brauchte mich jetzt und ich werde für sie da sein. So leid es mir tat, heute hatte ich keine Zeit für einen Mann. Keine Zeit für meinen Mann!

Nach ein paar Stunden Schlaf saß auch Angelique in der Küche. Anscheinend hatte sie noch viel Alkohol im Blut, dass sie gar nicht mehr aufhören wollte zu essen. Ohne Worte verschlang sie das ganze Brot und machte sich noch ein paar Scheiben warm. Ich wusste nicht, ob Alkohol Hunger machte, da ich selber nicht so viel trank. Wenn ich mal Alkohol zu mir nahm, dann ein Glas Wein, und das auch nur mit Benito zusammen. Musste ich denn jede Minute an ihn denken? Wenn jemand meine Gedanken mitbekommen würde, dann müsste ich doch damit jeden nerven. Als ich zur Küchentür blickte, erschrak ich kurz, denn Jason stand seelenruhig da und schaute uns an. Wie hatten wir nicht bemerkt, dass er in die Wohnung kam? Ich wusste nicht, was ich machen sollte. Doch Angelique saß ruhig da und aß weiter. „Einen schönen guten Morgen, wünsche ich den Damen", sagte er. Wie konnte er es wagen, überhaupt mit uns zu reden? Wusste er denn nicht, was er getan hatte? Wer weiß, wo er übernachtet hatte! „Hi", antwortete Angelique ihm. Wie konnte sie ihm noch antworten? Ich verstand die Welt nicht mehr. „Wir müssen reden", sagte Jason. Wie bitte, „wir müssen"? Was dachte er sich, dass sie jetzt aufspringt und ihm verzeiht? Warum schmiss sie ihn einfach nicht raus? Wollte sie vielleicht, dass ich das tat? Sollte ich mich einmischen? Ich sollte einfach abwarten, was passiert und dann eingreifen! Angelique stand auf und sagte, er solle schon mal ins Schlafzimmer gehen, sie würde gleich nachkommen. Sofort verschwand Jason aus der Küchentür. Als ob er darauf gewartet hatte, dass sie ihn ins Schlafzimmer schickt. Warum tat sie das? Wieso schickte sie ihn ins Schlafzimmer? Ich schaute meine Freundin fragend an. Sie lächelte mir kurz zu und sagte, dass es nicht lange dauern würde, ich solle einfach warten. Was meinte sie damit? Wollte sie ihm kurz ihre Meinung sagen? Vielleicht musste sie erst mal nett zu ihm sein, damit er die Wohnungs- und Autoschlüssel da lässt. Warum hatte sie ihn ins Schlafzimmer geschickt? Sie hätte in der Küche oder im Wohnzimmer reden können. Wenn sie nicht wollte, dass ich alles mitbekomme, dann hätte sie ja auch mich ins Wohnzimmer schicken können. Hatte sie vielleicht ganz andere Pläne mit ihm? Wollte sie einen Abschiedssex? Vielleicht aber auch einen Versöhnungssex? Das wollte ich mir jetzt wirklich nicht antun. Sollte ich jetzt gehen, ohne ihr Bescheid zu sagen?

Ich saß noch ungefähr eine halbe Stunde alleine in der Küche und hörte keine Stimmen von Angelique oder Jason. War alles o.k.? Sollte ich mal nach den beiden sehen? Ich hörte nicht, wie Angelique Jason anschrie. Oder wie Jason um Verzeihung bittet. Kein Weinen, kein Schluchzen, keine Liebeserklärungen. Anscheinend lief alles friedlich zu, also beschloss ich zu gehen. Als ich im Treppenhaus war, blickte ich nochmals in die Wohnung, doch keiner hörte mich wohl. Ich knallte die Haustür etwas laut zu mit der Hoffnung, meine Freundin würde kurz nach mir sehen, doch es blieb still. Als ich wieder zu Hause war, fragte ich mich, was ich jetzt mit dem restlichen Tag anfangen sollte. Ich könnte mich ein wenig hinlegen und schlafen, denn davon hatte ich die letzten Tage wenig bekommen. Ich könnte auch mal wieder mich um meine Wohnung kümmern und ein wenig putzen. Das hatte ja ebenfalls gelitten. Ich verbrachte meine

Zeit lieber mit meinem Freund, das stand fest. Ich hatte jetzt vier Tage frei. Davon könnte ich drei Tage die Nacht durchmachen, ich müsste nicht früh aufstehen. Doch das hatte mich die letzten Tage auch nur wenig interessiert. Ich sollte Benito anrufen und ihm meinen kurzfristigen Urlaub mitteilen. Als ich das Telefon in die Hand nahm, stoppte ich, mir fiel ein, dass ich für meine Freundin frei hatte. Ich sollte warten, bis sie mich anrief und dann könnte ich weitersehen. Schließlich wollte ich in der schwierigen Zeit, die sie hatte, für sie da sein. Ich könnte mich ja mit Benito heute Nacht treffen, wenn er Feierabend hat. Vielleicht könnte ich ja bei ihm übernachten? Das Telefon klingelte und ich erschrak vom lauten Klingelton. Das müsste ich unbedingt mal leiser stellen. Angelique sah ich auf dem Display und freute mich, dass sie mich nicht vergessen hatte. „Alles in Ordnung bei dir?", fragte ich sie. „Na klar, mach dir bitte keine Sorgen, ist ja nichts Schlimmes passiert." „Du warst schon weg, als wir aus dem Schlafzimmer kamen und da wollte ich dich anrufen und mich bei dir bedanken dafür, dass du mich nach Hause gebracht hast und mit mir zusammen auf Jason gewartet hast." Ich hörte ihr sprachlos zu und wusste auch nicht, was ich hätte sagen sollen. „Jedenfalls haben wir uns vertragen", fuhr sie weiter. „War wohl auch ein wenig meine Schuld. Zumindest haben wir alles geklärt, heute Abend gehen wir essen und reden in aller Ruhe, wie es mit uns weitergeht. Ich melde mich dann morgen bei dir. Bye", sagte sie und legte auf. Hatte ich gerade alles richtig verstanden? Sie hat ihm verziehen? Anscheinend war es für sie nicht mal wichtig gewesen, ihn zu fragen, wo er letzte Nacht übernachtet hat. Ich muss mit ihr reden. Ich muss ihr ihre Augen öffnen. Übertrieb ich jetzt oder war sie so naiv zu glauben, dass er sie liebte?

Mein Freund würde mir so etwas nie antun. Oder doch? Ich kannte ihn ja kaum und wir sind immer nur ein paar Stunden zusammen. Wir lernten uns gerade kennen. Wir waren ja noch nicht einmal intim miteinander geworden. Vielleicht reicht ihm das irgendwann und er sucht sich eine Neue, die auch mit ihm im Bett sich vereint. Im Bett sich vereinen, gab es denn überhaupt so einen Ausdruck? Sagt man nicht immer, man sollte sich Zeit mit dem ersten Mal lassen? Natürlich wusste Benito das nicht, dass ich noch Jungfrau war. Oder merkte er es? Quatsch, wie konnte man von einer 24-jährigen Frau denken, dass sie noch Jungfrau ist? Sollte ich es ihm sagen? Vielleicht macht ihm das Angst und er möchte nicht der Erste in mir sein? In mir sein, schon wieder ein Satz, der komisch klang. Mögen Männer denn nicht Frauen, die noch Jungfrau sind? Ich meine, ist das nicht ein tolles Gefühl, wenn der bestimmte Mann der Erste ist? Ohne dass jemand anders die Frau nackt gesehen hat. Ohne dass jemand anders ihren Körper mit seinen Händen erforscht hat. Ist das nicht ein wunderbares Gefühl zu wissen, dass er der Erste ist? Würde mir das gefallen, wenn ich ein Mann wäre! Kein anderer Mann könnte mir sagen, dass er auch mit dieser Frau geschlafen hat. Nein, wie denn auch, ich war der Erste. Ich sollte meine Brüder fragen. Die haben bestimmt Erfahrung in der Hinsicht. Ob die beiden auch mal eine Jungfrau hatten? Arme Angelique, bei ihr könnte man die Männer nicht mehr zählen. Egal wo sie hinging, sie kannten alle. Sie könnte doch jeden haben, warum musste sie ausgerechnet Jason haben? Sie hatte sich doch sonst nichts von einem Mann gefallen lassen, also warum ließ sie sich so viel von ihm gefallen? Merkte sie nicht, dass er nur Platz zum schlafen brauchte? Sie ging arbeiten, er saß faul vor dem Fernseher. Wollte sie so ein Leben haben? Wie konnte sie ihm verzeihen? Hatte sie gar keinen Stolz mehr? Er hatte es ihr wohl angetan, sie glaubte alles, was er ihr erzählte. Ich musste einfach mit ihr reden! Auch wenn ich mich nicht so gerne in ihr Leben einmischte, ich musste es einfach tun. Heute ging sie also mit ihm essen, bestimmt zahlte sie dazu auch die Rechnung. Welcher Mann lässt sich denn von einer Frau aushalten? Warum war es nicht richtig, wenn ein Mann nicht arbeitete und die Frau das Geld nach Hause brachte? Warum sollte man einfach nicht die Rollen tauschen? Könnte ich selbst so etwas akzeptieren? Könnte ich damit leben, wenn ich all das mache, was ein Mann macht und der Mann all das, was eine Frau macht? Ginge das denn?

Wie würde das dann laufen, wenn die Frau nach acht Stunden Arbeit nach Hause kommt? Der Mann sitzt höchstwahrscheinlich vor dem Fernseher und schenkt ihr ein kurzes Lächeln, das nicht nach einem Willkommen aussieht. Sie fragt ihn, ob er etwas essen möchte. Er antwortet, dass er schon den ganzen Tag nichts Richtiges gegessen hat. Ob sie nicht kurz etwas kochen möchte? Daraufhin stellt sie sich in die Küche und versucht, etwas Gesundes mit etwas Ungesundem zu mischen. Dabei deckt sie natürlich liebevoll den Tisch und bittet den Herrn, sich auf seinen Platz zu setzen. Er schiebt seinen Stuhl Richtung Fernseher und möchte seinen Fußball weiter sehen. Sie serviert ihm die üppigen Portionen auf den Teller. Er wirft einen ungenießbaren Blick darauf und fängt an zu essen, ohne dass sie sich endlich mal hinsetzt. Dabei vergeht ihr der Appetit und sie zieht es vor, erst mal ein langes Entspannungsbad zu nehmen. Er nickt ihr nur zu und schlingt das mit Liebe gekochte Essen in sich hinein. Nachdem sie eine ganze Stunde sich im Badezimmer aufgehalten hat, geht sie zurück in die Küche und stellt fest, dass fast nichts mehr vom Essen da ist. Sie macht noch schnell den Abwasch und gibt ihrem Liebsten einen Gutenachtkuss. Auf dem Weg ins Schlafzimmer überlegt sie, dass sie nach der Arbeit zum Supermarkt gehen sollte, um ihrem Liebsten sein Lieblingsgericht zu kochen!

Welche Frau möchte denn so leben, überlegte ich mir? Erwartete ich von einer Beziehung zu viel? Ich konnte ja nichts über meine Mutter sagen, da sie nie gearbeitet hatte. Sie hatte fünf Kinder großzuziehen und mein Vater war Alleinverdiener. Ich kannte das Gefühl nicht, dass mein Vater mal arbeitslos gewesen war. Im Gegenteil, manchmal hat er sogar an Wochenenden als Taxifahrer gearbeitet. In der Woche hatte er einen gut bezahlten festen Arbeitsplatz.. Meine Mutter kochte, putzte, machte die Wäsche und war noch gleichzeitig immer für uns da. Warum war das alles bei einer Frau in Ordnung und bei einem Mann nicht? Gab es denn Männer, die Hausfrauen waren? Konnten sie genau die gleichen Sachen erfüllen, was eine Frau konnte? Oder waren alle nur wie Jason und ließen sich unterhalten? Ich zu meinem Teil fand die Frau-zu-Hause-und-der-Mann-geht-arbeiten-Geschichte besser. Warum, wusste ich selber nicht genau, aber mir gefiel die Vorstellung, Mutter und Hausfrau zugleich zu sein. Wenn der Ehemann nach Hause kommt, wäre ein schöner Tisch gedeckt und wir würden zusammen zu Abend essen. Der Mann würde seiner Frau erzählen, was er den ganzen Tag erlebt und gemacht hat und die Frau würde ihrem Mann von ihrem verbrachten Tag erzählen.

Gab es denn noch solche Familien, wo es da so läuft? Was erwartete ich von einem Mann? Was für mich das Wichtigste ist, ein Mann sollte nicht alles als selbstverständlich sehen, er sollte es schätzen, was seine Frau für ihn tut. Es sollte immer für beide gelten. Egal, was es war, ob es im Haushalt eine Kleinigkeit ist, oder ob es nur eine kleine Geste ist, man sollte es immer schätzen, was der andere für den anderen tut. Das Allerwichtigste in einer Beziehung, so denke ich, ist doch Respekt, das sollte man nicht verlieren; danach Vertrauen, das sollte man immer versuchen zu halten. Ich hoffte, dass ich das alles mit Benito erleben kann. Würden wir es schaffen, so eine Ehe zu führen? Ich war wieder viel zu weit gegangen. Wir mussten erst einmal schaffen, uns kennenzulernen. Der Rest sollte also von selber kommen. Ich verstand einfach nicht, wie Angelique Jason das verzeihen konnte. Wie sollte sie wieder Vertrauen zu ihm haben? Sie hatte ihm den Abend verziehen, wo er mit einer anderen Frau die Diskothek verlassen hat. Diese rassige schwarzhaarige unbekannte Frau hat wohl früh genug gemerkt, was der Herr Jason für ein Mensch war. Also Hut ab vor der Unbekannten. Sie hat sich noch retten können. Was mache ich, wenn Angelique sich entschließt, ihn zu heiraten? Wieso dachte ich immer gleich an Heirat? Angelique hatte es gar nicht nötig zu heiraten, sie konnte ja auch so alles machen, was sie wollte. Ich hingegen konnte das ja nicht: Ich hatte von meinem Elternhaus gelernt, vor der Ehe keinen Sex haben zu dürfen und war vielleicht deswegen so zurückhaltend zu Benito. Vielleicht war das so in meinem Kopf eingeprägt, dass ich es selbst nicht löschen konnte. Es gab doch einen berühmten Spruch, „Man sollte die Katze nicht im Sack kaufen", das wollte ich nicht riskieren. Ich meine, da wartet man so lange auf den bestimmten Moment und man soll das nicht ausnutzen, nur weil deine Eltern dir es anders beigebracht hatten? Ich war ja schon froh, dass ich alleine wohnen konnte, denn das war bei uns auch nicht üblich. Doch da meine Eltern anders und sie vertrauten mir einfach, also, durfte ich vor der Ehe ausziehen. Meine Mutter sah alles locker, mit ihr könnte ich über alles sprechen und ich weiß genau, dass sie, egal was wäre, hinter mir stehen würde. Doch mein Vater war etwas strenger als sie. Was würde er dazu sagen, wenn er erfahren würde, dass ich einen Freund habe, der aus der Dominikanischen Republik kam? Dass er nicht so wie ich Türke ist. Meine Mutter würde sich darüber freuen, dass ich endlich jemanden kennengelernt habe und würde natürlich zur Hochzeit drängen. Denn eine Frau mit 24 Jahren noch nicht verheiratet, das war bei uns nicht üblich!

Ich sollte einfach warten, wie unsere Beziehung weitergeht und wenn ich merke, es wird ernster, dann erzähle ich es als Erstes meinen Geschwistern. Bis dahin sollte ich schweigen und es einfach genießen. Ich schaute auf die Uhr, stellte fest, dass es erst kurz vor 14 Uhr war. Ich könnte jetzt Benito anrufen und ihm sagen, dass ich frei habe. Meine Freundin hatte ja abgesagt, zumindest für heute, da könnte ich mich ja mit meinem Freund treffen. Ich wählte seine Nummer und er ging mit seiner sanften, doch auch starken Stimme ran. Ohne ein Wort zu viel zu verlieren fragte ich ihn, ob er Zeit für mich hätte. Warum konnte ich nicht ein Mal fragen, ob es ihm gut geht, ob er gut geschlafen hat oder irgendwas, was ihn darauf bringt, dass ich Interesse an einem Gespräch habe. Ich sagte ihm, dass ich zwei Tage Urlaub habe und wenn er Lust hätte, ob wir uns nicht sehen könnten. „Das würde mich sehr freuen", sagte er. Wir redeten noch länger über unseren Alltag, über das, was wir schon immer machen wollen und über unser nächstes Urlaubsziel. Nach einer langen Stunde legten wir auf, da sich Benito fertig für die Arbeit machen musste. Wir hatten ausgemacht, dass er mich von zu Hause nach seinem Feierabend abholt und wir dann entscheiden, was wir machen. Seine Worte waren immer noch in meinen Ohren. Als ich ihn fragte, was er noch in seinem Leben machen wollte, sagte er, eine besondere Frau für sich gewinnen. Meinte er da etwa mich? Er hatte mich doch schon für sich gewonnen. Gab ich ihm das Gefühl nicht? Oder meinte er, dass er mich sexuell gewinnen möchte? Ich beschloss, ihm heute, wenn wir uns sehen, zu sagen, dass ich noch Jungfrau bin und deswegen so zurückhaltend bin. Wir waren ja auch noch nicht lange zusammen und wie sah das denn aus, wenn ich gleich mit ihm ins Bett springe? Vielleicht machte gerade meine Zurückhaltung ihn scharf auf mich? War er denn scharf auf mich? Er hatte mir gesagt, dass er in einer Woche zwei Wochen Urlaub habe und er überlegte irgendwohin zu fliegen. Ich könnte ja mitfliegen wenn ich wollte, hatte er hinzugefügt. Wie sollte ich das denn machen? Urlaub könnte ich schon bekommen, sogar drei Wochen, wenn ich wollte, doch was sollte ich meiner Familie sagen, wo ich bin? Ob Angelique mitkommt? Mit ihr in Urlaub fliegen könnte ich problemlos. Komisch, dass Angelique bei meinen Eltern so gut ankommt, obwohl sie alles andere ist als was sie über sie denken. Sie gab sich ja auch immer wie eine unberührte, Männer hassende Person. Meine armen Eltern, wenn die wüssten! Hatte das Benito überhaupt ernst damit gemeint, mit mir in den Urlaub zu fliegen? Wollte er das, oder machte er nur Spaß? Ich sollte bis heute Abend abwarten, denn dann weiß ich ja mehr.

Ich überlegte, was ich am Abend anziehen sollte? Wo würden wir hingehen? Bestimmt essen, sagte ich zu mir. Er wird wohl wieder Hunger haben. Wenn ich jede Nacht um die Uhrzeit so viel essen würde, würde ich aussehen wie ein Hefeteig, der immer mehr aufgeht. Wie habe ich das früher immer gemacht? Ich habe ja oft nachts gegessen. Wenn ich also so weitergemacht hätte, dann hätte ich irgendwann Kleidergröße 54. Ich wunderte mich selber über mich, ich hielt eisern mit der Diät durch. Das lag auch mehr oder weniger an Benito. Ich war so verliebt, dass ich manchmal gar keinen Hunger hatte. Doch wenn er neben mir aß, dann fiel es mir sehr schwer, standhaft zu bleiben. Ich stellte mich vor den Spiegel und beschloss, heute meine Haare glatt zu föhnen und sie offen zu tragen, denn das tat ich sehr selten. Hatte Benito mich denn überhaupt mit glatt geföhntem offenem Haar gesehen? Ich stieg in die Wanne und merkte, wie meine Schmetterlinge im Bauch stärker wurden. Es war ein komisches Gefühl im Bauch. Es tat einerseits weh, doch andererseits tat es gut, weil man wusste, dass man verliebt ist. Nach einem schönen heißen Bad fing ich an, mir die Haare zu föhnen. Es dauerte eine gute Stunde, bis sie endlich glatt waren. Deswegen mochte ich es nicht immer, sie zu föhnen. Doch heute muss es sein. Ich kann ja nicht immer mit einem Zopf zu Benito. Endlich war es 23 Uhr. Hoffentlich hatte er pünktlich Feierabend. Ich wunderte mich, dass ich kaum müde war. Früher war ich doch schon um diese Zeit in der Woche im Bett und träumte vom Abnehmen. Diesmal war mein Traum wahr. Ich nahm ab und hatte dabei einen Freund. Ich hatte eine helle blaue Jeans angezogen. Wann ich das letzte Mal eine Jeans anhatte, wusste ich selbst nicht mehr. Die Jeans passte mir sehr gut, ich hatte sie vor Kurzem beim Shoppen gekauft und die Überraschung war, dass es in Größe 46 war und mir ohne ein Quetschen passte. Darüber hatte ich eine weiße Bluse mit leichten Rüschen am Ärmel an. Diese Bluse hatte ich letztes Jahr gekauft, weil sie mir so gefallen hatte. Dass ich sie mal irgendwann anziehen würde, das hatte ich schon längst aufgegeben. Ich war so aufgeregt, bis mein Telefon klingelte und Benito am Ende der Leitung war. „Ich bin in zehn Minuten da", sagte er. „O. k., bis gleich", antwortete ich, ohne noch ein Wort mehr zu sagen. Warum konnte ich nicht mal länger reden? Gut, ich sah ihn ja gleich, doch jedes Mal, wenn wir beide zusammen telefonierten, dann legte ich schnell auf. Ich wusste auch immer nie, was ich sagen sollte. Bevor ich was Falsches oder was Bescheuertes sagte, dann legte ich lieber auf. Ich beschloss, vor der Haustür zu warten und ging runter.

Kaum war ich unten, kam auch Benito schon. Ich überlegte, welches Treffen wir heute hatten. Das wievielte Mal trafen wir uns heute? Das musste ich unbedingt ausrechnen, wenn ich wieder zu Hause war. Er stieg aus und kam auf mich zu, gab mir einen Kuss und guckte mich ohne zu zwinkern an. „Ist etwas an mir komisch?", fragte ich ihn. Was ist das für eine Frage? Ich hätte mir auf die Lippen beißen sollen, bevor ich diesen Satz aussprach. „Ich bin nur von deiner Schönheit überwältigt", antwortete er. Er nahm mich an die Hand und führte mich zum Auto. Überwältigt, hatte er gesagt. Ich überwältigte ihn. Das haben heute wohl die offenen Haare gemacht. Also werde ich sie öfters eine Stunde föhnen. Wenn er das mochte, dann tu ich das gerne. „Ich dachte, wir gehen heute ein wenig tanzen", sagte er. Heute war doch Donnerstag, war denn irgendwo ein Tanzabend? „In der Stadt hat eine neue Latino-Bar eröffnet, hast du Lust?" Ich hatte auf einiges Lust! Wenn er wüsste, dachte ich mir. „Gerne", kam von mir nur heraus. Beim Tanzen hatten wir uns ja auch kennengelernt. Wir fuhren Richtung

Stadt und Benito hielt wie immer beim Fahren meine Hand. Das gefiel mir sehr und ich überlegte, ob das jeder Mann machte. Ich sollte mal Angelique fragen, ob Jason oder einer ihrer Verflossenen je beim Autofahren ihre Hand gehalten hat? Als ob Jason ein Auto hätte! Sie hatte ja alles in ihrer Beziehung und er lebte bei ihr. Warum fand ich das denn so schlimm? Ich meine, vielleicht hatte er ja wirklich Pech im Leben gehabt und sie war in dieser schweren Zeit seine Fee, die ihm hilft. Doch ich mochte ihn einfach nicht und traute ihm auch nicht. Er hatte sich so schlecht ihr gegenüber benommen, dass ich nicht wollte, dass sie verletzt wird. Ich meine, er passte gar nicht zu ihr, doch sie hatte ihm verziehen, also habe ich da doch gar nichts zu sagen. Abgesehen davon hatte sie mich auch nicht nach meiner Meinung gefragt. Ich guckte zu Benito rüber und war dankbar, dass er ganz anders als Jason war. Er war gar nicht mit ihm zu vergleichen. Schon sein Erscheinen war anders, sein Sprechen und seine Körpersprache, die einfach sagte, dass er mich mochte. Er lebte nicht auf meine Kosten und es ging ihm auch gar nicht schlecht, da er mich immer ausführte! Bei Angelique fuhr sie ihn aus und nicht umgekehrt und er lebte auf ihre Kosten, und für mich kam das einfach nicht in Frage. Da war ich einfach altmodisch! So gefiel es mir und Benito bestimmt auch.

Benito parkte in eine Parklücke gleich neben der sogenannten Bar. Die spanische Musik drang bis nach draußen und die Menschenmenge trank und rauchte vor der Eingangstür. Es konnte also nur diese Bar gemeint sein. Wir stiegen aus und Benito nahm meine Hand. Wir gingen direkt hinein. Er begrüßte einige Leute beim Hereingehen. Doch diesmal stellte er mich nicht vor. Entweder waren das bedeutungslose Leute oder es ging ihm zu schnell, sagte ich zu mir. Warum sollte er mich auch jedem vorstellen? Wir setzten uns an die Bar, wo man eine gute Sicht auf die Tanzfläche hatte. Es war nicht ganz voll, doch es reichte. Es tanzten einige Leute Salsa auf der Tanzfläche. Wir bestellten uns zwei Gläser Rotwein. Hatte denn Wein auch viele Kalorien? Da ich heute nicht viel, oder sagen wir mal: sehr wenig gegessen hatte, sollte ich es mir ohne Überlegungen gönnen. Ich fühlte mich sehr wohl. Wir beide redeten sehr laut miteinander. Damit wir uns auch gut verstanden, waren wir sehr nah aneinander. Er fasste mir auf meinen Oberschenkel oder auf meine Hand beim Reden. Er gab mir ab und zu einen Kuss und strich meine Haare aus meinem Gesicht. Seine Hände berührten mich immer wieder, ununterbrochen, und es gefiel mir auch sehr. Er gab sich so viel Mühe um mich, ich könnte mich schnell daran gewöhnen und es nie wieder loswerden wollen. Beim Blick auf die Tür sah ich Angelique mit Jason hereinkommen. Sie sah mich in dem Augenblick wohl auch und kam direkt auf uns zu. Jason zog sie wie immer hinter sich her. „Hello, du auch hier", sagte sie. „Hätte ich gewusst, dass du heute ausgehst, was ja nicht immer vorkommt, dann hätte ich dich ja mitnehmen können." „Diese Ehre hatte heute wohl ich", sagte Benito und stand auf, gab Angelique die Hand und stellte sich vor. Er wusste einfach, wie man sich benimmt. Ich war von ihrem Auftritt so geschockt, dass ich noch nicht mal meine Lippen auseinanderbekam. „Du bist also der geheimnisvolle Mann, der meine Freundin zum Hungern anspornt", hörte ich sie sagen. Was hatte sie gerade gesagt, irgend etwas mit hungern? Benito sah mich in dem Moment an. War sie jetzt völlig übergeschnappt? Was sollte das? Wollte sie mir alles ruinieren? Ich stand auf und stellte Benito nochmals Angelique vor und ihren Schmarotzer Jason. Ich war so sauer auf sie, doch heute wird sie mir nichts vermasseln.

Wie kam sie überhaupt dazu, heute auszugehen? Sollte sie nicht lieber an ihrer Beziehung arbeiten? Was für eine Beziehung denn? Sie kennt ihn kaum ein paar Stunden und lässt ihn bei sich einziehen. Wollte sie nicht heute essen gehen? Wieso störte es mich, dass sie heute zufällig auf uns gestoßen ist? War es denn längst nicht an der Zeit, Benito meine beste Freundin vorzustellen? „Beste Freundin", war sie das denn immer noch? Ich schüttelte meinen Kopf, um mich von den Gedanken frei zu bekommen, die mir nicht gefielen. Jetzt saßen wir alle vier nebeneinander an der Bar. Wie vier Hühner an der Stange, die versuchten, sich kennenzulernen. Benito legte seine Hand auf meinen Oberschenkel und lächelte mir zu. Als ob er mich beschützen wollte, lächelte er mir immer wieder zu. Ich trank meinen Rotwein aus und Benito bestellte mir ein zweites Glas. Wollte er mich heute alkoholisieren? Ob er das schaffte?

Ich war in meinem ganzen Leben noch nicht angetrunken. Ich wusste noch nicht einmal, wie sich so etwas anfühlt. Ich bin so etwas wie eine Jungfrau in allem! Was für ein langweiliges Leben ich doch führe! Für meine Mutter bin ich natürlich die perfekte Tochter! Na, wenigstens etwas, worauf ich stolz sein kann. „Bin ich der Grund dafür?", hörte ich Benito fragen. „Der Grund für was?" Ich guckte ihn erwartungsvoll an und wusste nicht, was er meinte. Ich fragte noch mal: „Der Grund für was?" „Der Grund dafür, dass du hungerst?" Oh nein, oh Gott, das hat er nicht gefragt! Bitte alles, aber keine Frage über mein Gewicht. Was sollte ich ihm denn jetzt antworten? Nein, ich bin einfach zu fett und deswegen bekomme ich keinen Freund und deswegen bin ich noch Jungfrau, deswegen will keiner mit mir schlafen und ich finde keine schönen Kleidungsstücke in meiner großen Größe! Nur das allein ist der Grund! Bitte lies meine Gedanken, bitte lies sie! Ich könnte Angelique dafür umbringen, dafür, dass sie mein Leben gerade ruiniert. Doch ich hörte nur ein leises „Nein" aus meinem Mund. „Das freut mich", sagte Benito. „Denn du gefällst mir seit dem Tag, an dem ich dich das erste Mal gesehen habe und für mich ist dein Körper perfekt." „Es macht auch viel mehr Spaß, wenn man zusammen ausgeht und zwei essen, nicht immer nur einer." Er zwinkerte mir zu und bestellte sich noch ein Glas Rotwein.

Hatte ich da gerade alles richtig verstanden? Hat er gerade gesagt, dass ich perfekt sei? Nein, noch besser: dass mein Körper perfekt sei?

Heute werde ich mit dir schlafen! Heute geh ich mit zu dir und dann werde ich zur Belohnung mit dir schlafen. Zur Belohnung? Wen belohne ich denn? Benito oder mich? „Na, was redet ihr denn so heimlich vor euch hin?", fragte mich Angelique und setzte sich neben mich. „Wo ist Jason?", fragte ich sie. „Er hat eine Bekannte gesehen, die er aus seiner alten Firma kannte." Eine Bekannte aus der alten Firma also. Sie sollte nicht so vertrauenswürdig ihm gegenüber sein, wir wissen ja, wo es endet. „Na, sag schon, wie lange geht das denn jetzt schon mit euch beiden?" „Eine Weile." „Ich erkenne dich gar nicht wieder,", sagte sie und guckte an mir herunter, als ob sie mich gerade erst kennengelernt hätte. „Wie meinst du das?", fragte ich sie. „Ich meine, schau dich an, du hast ganz gut abgenommen und ziehst dich anders an. Dein Gesicht strahlt und du hast keine Zeit mehr für deine liebe Freundin." Ist das ein Fehler? Wieso hörte sich das bei ihr so kalt an? Sie war doch diejenige, die sich verändert hatte mir gegenüber. Sie war nur noch mit ihrem Jason beschäftigt und klammerte sich an ihn, ohne darüber nachzudenken, ob er gut für sie ist. „Na ja, wenn du glücklich bist, dann freue ich mich natürlich für dich." Das klang alles andere als ehrlich für mich. Wieso hatte ich nur das Gefühl, als ob sie mir nichts gönne, warum zog ich alles, was sie sagte, ins Negative? Hatte ich mich wirklich verändert? „Möchtest du mit mir ein wenig tanzen?", fragte mich Benito in diesem Moment. „Ach, das ist zu schnell für sie, sie kann nur Bachata tanzen und kein Salsa", antwortete Angelique für mich. „Ich denke, sie kann alles tanzen, wenn sie nur will," antwortete Benito in ihre Richtung und streckte mir seine Hand entgegen. Während ich seine Hand nahm und ihm auf die Tanzfläche folgte, lächelte ich Angelique entgegen. Es war kein nettes Lächeln von mir, sondern ein Lächeln des Gewinns. Denn ich hatte gerade gegen sie gewonnen. Beim Gehen merkte ich, dass ich ein wenig schaukelte. Wie viel Gläser Wein hatte ich denn getrunken? Benito hielt mich fest an den Händen, als er wohl auch gemerkt hatte, dass ich etwas wackelig auf den Beinen stand. „Möchtest du etwas an die frische Luft?", fragte er mich beinahe lachend. „Nein, es geht schon." Wie peinlich, noch nicht einmal zwei Gläser Wein vertrage ich. Ich musste doch Angelique beweisen, wie gut ich den Salsa gelernt hatte. Egal wie, ob nüchtern oder mit Alkohol! Wir tanzten wirklich den schnellen Salsa. Warum musste ich denn versuchen, mich vor meiner Freundin zu beweisen? Wenn er mich noch einmal dreht, dann breche ich ihm auf die Schuhe. Wann hört das Lied endlich auf zu spielen? Doch ich machte meine Sache gut. Ich trat Benito nicht ein Mal auf die Füße. Meine Blicke suchten Angelique, damit ich mir auch sicher war, dass sie mich beobachtete und sie tat es auch. Mit einem Blick, der mir gar nicht gefiel. Wann haben wir beide denn beschlossen, zwei Rivalinnen zu werden? Sie ist doch meine Freundin! Das musste aufhören. Morgen werde ich sie um ein Gespräch bitten, damit wir uns endlich aussprechen. Der heutige Abend gehört ja

schließlich Benito, ganz alleine ihm. Nach dem Tanz gingen wir vor die Tür, denn ich brauchte jede Menge frische Luft. Ich mochte es sehr wenn, er meine Hand hielt und mich führte. Er gab mir so ein beruhigendes Gefühl. Vor der Tür umarmte er mich, seine Hände schlang er um meine Hüften und ich ließ mich locker in seine Arme fallen. Wie viel hatte ich denn jetzt insgesamt abgenommen, dass ich in seine Arme passte? Noch nicht einmal das wusste ich. Wann bin ich denn das letzte Mal auf die Waage gestiegen? Bestimmt waren es jetzt mehr als fünfzehn Kilo. Ich trug inzwischen Größe 46. Zu Hause werde ich als Erstes auf die Waage steigen. Was mache ich jetzt mit all den schönen Kleidern, die ich in Größe 48-50 hatte? Ich könnte ja alles enger nähen lassen. „Hast du dir überlegt, ob du mit mir in den Urlaub mitkommst?", holte mich Benitos Stimme aus meinen Gedanken. „Urlaub?" „Ja, ich habe in einer Woche Urlaub und würde gerne, dass du mitkommst. Du musst nur Ja sagen, den Rest erledige ich." Soll das eine Einladung sein? Was meinte er damit, den Rest erledige ich? Urlaub zu bekommen von der Arbeit aus, wäre kein Problem, zumal ich noch vom letzten Jahr sechs Tage guthabe. Doch wie sollte ich das meinen Eltern beibringen? Wie sollte eine allein stehende Frau mit einem Mann ohne verheiratet zu sein in Urlaub fliegen können? „Meinst du das im ernst?", fragte ich ihn. Er nahm eine Strähne aus meinem Gesicht und gab mir einen Kuss auf meinen Mund. „Ich wäre sehr glücklich darüber." „Dann komme ich gerne mit." Was? Was hatte ich da gerade gesagt?
Ich weiß doch noch nicht mal, wohin es geht. Ich kannte ihn doch erst ein paar Wochen. Wie lange kannte ich ihn denn eigentlich? Ich hatte es zu Hause in meinen Kalender eingetragen, da werde ich wohl später einen Blick hineinwerfen. „Das freut mich sehr, dann buche ich uns gleich morgen zwei Flüge in meine Heimat." In seine Heimat? Wie lange fliegt man da, zehn Stunden oder mehr? Ich bin erledigt, meine Eltern werden mich umbringen. Besser ist es, ich fliege mit ihm mit und zurück stürzen wir auf eine verlorene Insel; so kann mich keiner finden und ich bin immer noch mit Benito zusammen. Was hatte ich nur getan? Ich musste ihm wieder absagen, auch wenn er mich dann wieder verlässt. „Wollen wir wieder hinein?", fragte ich ihn.

75

„Sicher, wenn du möchtest." Er nahm sofort wieder meine Hand und öffnete mir die Tür zur Bar. Das ist wohl unser letzter Abend zusammen, also sollte ich ihn genießen. Denn morgen werde ich ihm die Reise wieder absagen und ihm auch erklären, warum ich das tue. Weil meine Eltern das niemals erlauben würden, ich noch Jungfrau bin und er der erste Mann war, der mich küssen durfte oder auch wollte. Mir war alles vergangen. Ich war so traurig, dass ich nur noch nach Hause wollte. Warum war mein Leben nur so schwer? Machte ich es mir schwer oder war es so? Als wir an unserem Platz angekommen waren, saß Angelique immer noch allein. Jason war wohl noch im Gespräch mit seiner Bekannten. „Du hast sehr schön getanzt und dein Freund ist ein super Tänzer, das lass dir gesagt sein." „Danke", sagte ich leise. „Entschuldige mich kurz, Melis, ich komme gleich wieder", sagte Benito. Ja, geh du auch zu einer Bekannten und komm stundenlang nicht zurück. Ich kann das alles ab. Ich drehte mich zu Angelique und sie sah mich fragend an. „Was?", sagte ich. „Was ist passiert?", fragte sie schließlich. Konnte man sehen, dass Benito mich morgen verlassen wird? „Benito hat mich für zwei Wochen in den Urlaub eingeladen." „Ja und?", fragte sie. „Ist das jetzt dein Problem, oder wie soll ich das verstehen?" „Kannst du mir sagen, wie ich mitfliegen soll?", antwortete ich ihr frech zurück. „Na, ich denke, einfach Koffer packen und los, würde ich sagen." Wollte sie es nicht verstehen? Sie kannte mich doch nicht von heute auf morgen. Sie wusste doch ganz genau, dass ich nicht wie sie alles alleine entscheiden konnte.

„Was soll ich meinen Eltern sagen? Ich kann ja wohl schlecht hingehen und sagen: Eure Kleine ist erwachsen geworden und möchte jetzt ihr eigenes Leben selbst in die Hand nehmen. Das heißt, ich bin seit ein paar Wochen mit einem Dominikaner zusammen. Ihr habt richtig gehört, er ist kein Türke und er hat mich zum Urlaub eingeladen in seine Heimat in die Karibik und da fliege ich mit." „Soll ich es so zu Worte fassen?" Angelique guckte mich fragend an. „Wenn ich ehrlich sein soll, solltest du genau das sagen, aber wie ich dich kenne, willst du mit niemand Stress haben außer in letzter Zeit mit mir." Sie lächelte mich an und wir umarmten uns. „Es tut mir leid, dass ich nicht für dich da war, als du mich gebraucht hast", sagte ich beinahe schluchzend. „Nein, mir tut es leid, dass ich nicht Teil in deinem Leben war, wo Benito teilnahm." Wir umarmten uns und lachten. Ohne eine Aussprache, ohne ein schlechtes Wort über unsere Charakter zu verlieren, hatten wir uns versöhnt. Von einem Moment auf den anderen Moment ging es mir besser. Endlich hatte ich meine Freundin wieder und ich konnte mich ihr öffnen. „Es war sehr langweilig ohne dich, meine liebste Freundin!", sagte Angelique. Nach dem langen Versöhnungsgespräch, was nur positiv war, ging es mir besser. Benito kam zu uns zurück und umarmte meine Taille. Ich guckte zu ihm hoch und gab ihm einen Kuss auf die Wange. Ich wunderte mich über mich selber, denn das war das erste Mal, dass ich Benito von mir aus einen Kuss gab. Er schaute mich verblüfft an, zog mich an sich. Ich merkte, dass ihm das anscheinend sehr gefiel, also nahm ich mir vor, das öfter zu tun. Vielleicht sogar im Urlaub? Angelique hatte mir geraten, doch in Urlaub mitzufliegen. Wir hatten uns vorgenommen, am Wochenende zu meinen Eltern zu fahren und erst mal uns meiner Mutter zu öffnen. Mütter sind doch weicher als Väter. Vielleicht würden mir auch meine Brüder zur Seite stehen, schließlich hatten wir ja ein sehr gutes Verhältnis miteinander. Also verlief die Nacht ruhig weiter. Nur zu dritt, denn Jason war nirgends zu finden. Ich freute mich, dass Benito endlich meine Freundin kennengelernt hatte und sie sich auch anscheinend verstehen. Doch mein Gedanke für heute Nacht war, mit zu Benito zu gehen. Daran sollte sich nichts ändern.

„Es ist spät geworden, wollen wir gehen?", fragte ich Benito, besorgt darüber, dass er mir vielleicht die Antwort geben könnte, dass er noch länger hierbleiben möchte und dass ich ja nicht für ihn mitentscheiden sollte. Was war in mich gefahren? Er ist doch alt genug, er kann ja ruhig länger bleiben. Wenn ich gehen möchte, dann kann ich ja wohl gehen! „Gern, mein Schatz", antwortete er prompt. Wieso auch nicht? Schließlich sind wir zusammen gekommen, also gehen wir auch zusammen heim. Wir sind ja ein Paar und Paare machen das so! „Wollt ihr schon los?", fragte mich meine Freundin, die sichtlich traurig darüber war. Ihr Freund war wieder einmal nicht aufzufinden. Warum tat sie sich das an? Ich sollte am Wochenende mit ihr reden. Da haben wir ja genug Zeit. „Sollen wir dich mitnehmen?", fragte Benito meine Freundin. Doch sie lehnte dankend ab und fügte hinzu, dass Jason gleich kommen würde. Komisch war nur, dass sie mich noch nicht einmal fragte, wo ich hingehe. Ob ich bei ihm schlafe oder ob ich überhaupt mal mit ihm geschlafen habe. Nichts fragte sie mich. Vielleicht hebt sie sich das Gespräch auch zum Wochenende auf. Ich war sehr froh darüber, dass wir uns vertragen hatten. Komisch war nur, dass wir uns noch nicht einmal gestritten hatten. Wir hatten lange keine Nähe zueinander gehabt. Jetzt ist wieder alles in Ordnung. Benito nahm mich an die Hand und wir gingen zum Auto. Unterwegs nach Hause überlegte ich, wie ich ihm sagen sollte, dass ich heute bei ihm schlafen möchte. Wieso fragte er mich nicht? Jedes Mal fragte er mich, ob ich noch etwas bei ihm trinke, warum heute nicht? Wie sollte ich ihn jetzt fragen? Wenn ich das tue, dann weiß er Bescheid, dass ich nur mit ihm schlafen möchte. „Möchtest du noch kurz zu mir kommen? Ich bringe dich dann auch schnell wieder nach Hause?" Danke, danke, lieber Gott! Er hat wohl meine Gedanken gelesen. „Du brauchst mich nicht nach Hause zu bringen. Wenn du ein kleines Plätzchen für mich hast, dann bleibe ich gerne bei dir!" Um Himmels willen, was habe ich da gerade gesagt?

Wieso wollte ich denn heute Nacht bei ihm bleiben? Es würde doch sowieso nichts passieren. Warum dachte ich denn auch nur so oft an Sex? Vielleicht, weil ich noch niemals das Gefühl hatte? Doch wenn man etwas nicht kennt, warum sollte man es vermissen? Es gab sowieso kein Zurück mehr, ich hatte den Satz schon ausgesprochen, also musste ich da durch!

Er drehte seinen Kopf in meine Richtung und sein Grinsen wurde so groß, dass es nicht zu übersehen war, wie sehr er sich freute. „Ich habe genug Platz für dich, Hauptsache, du bist in meiner Nähe", kam die Antwort. Ich war glücklich darüber, dass ich es heute endlich wagte. Doch was ziehe ich an zum Schlafen? Sollte ich ihn bitten, kurz zu mir zu fahren, sodass ich meinen Pyjama holen kann? Vielleicht auch noch mein Duschzeug, damit ich, nachdem wir es getan haben, mich auch waschen kann. Was habe ich nur getan? Ich will doch nach Hause! Ich bin noch nicht so weit. Woran man alles denken muss, wenn man Sex haben möchte! Doch es war für alles zu spät. Er parkte vor seiner Haustür. Diesmal waren die Götter auf seiner Seite. Jedes Mal klagt er darüber, wie schwer es sei, vor der Tür einen Parkplatz zu finden und heute sind mehrere Parkplätze frei. „Heute bringst du mir anscheinend Glück, danke", sagte er und gab mir einen Kuss. Immer, wenn er mich küsste, verlief ein kalter Schauer über meinen Rücken. Mir gefiel es so sehr, dass ich ihn am liebsten gleich auf die Rückbank des Autos zerren wollte. Doch was danach kommt, das weiß ich leider nicht. Als wir in seiner Wohnung waren, bemühte er sich, es mir so gemütlich wie möglich zu machen. Ich fühlte mich unwohl mit dem, was ich anhatte. Wie sollte ich so schlafen? Ich mochte einfach, in meinen zu großen XXL-Pyjamas zu schlafen. Am besten noch das Hemd in der Hose, damit auch nichts beim Schlafen über den Bauch geht und ich davon wach werde. Nein, diese Sex-Geschichte war einfach nichts für mich. Ich fühlte mich nicht wohl dabei. Ich wusste noch nicht einmal, ob ich körperlich reif dafür war. Wir hatten einen Tanz zusammen getanzt, da habe ich bestimmt geschwitzt. Irgendwie drehte sich auch mein Kopf und mir war auch schlecht. Ich setzte mich hin und Benito kam gleich auf mich zu. „Geht es dir nicht gut?", fragte er. Doch das war das Einzige, was ich noch hörte. Ich schloss meine Augen und schlief ein. Als ich wieder aufwachte, war ich im Schlafzimmer. Sofort fühlte ich, dass ich etwas anhatte. Ich schaute unter die Decke und zum Glück, es war genau dasselbe vom Abend.

Ich drehte mich zur Seite und sah, dass Benito neben mir lag. Hatten wir jetzt miteinander geschlafen? Habe ich jetzt geblutet? Man sagt doch, wenn man entjungfert wird, dann blutet es. Was für ein Quatsch, man kann doch auch ohne Jungfernhäutchen auf die Welt kommen. Oder man blutet nicht, weil man sich es beim Turnen gerissen hat. Oder man blutet einfach nicht. Jeder Mann wird doch wohl wissen, ob die Frau Jungfrau war oder nicht. Das muss doch ein erfahrener Mann merken. Ich fühlte mich jedenfalls nicht anders als vorher. Vielleicht hatten wir auch keinen Sex, wäre ja auch schade, wenn ich das erste Mal nicht wissen würde oder ich beim ersten Mal nur geschlafen habe. Nein, Benito ist kein Mann, der mit mir schläft, ohne dass ich nichts davon mitkriege. Er weiß aber auch nicht, dass ich noch Jungfrau bin. Ich sah auf die Uhr. Es war gerade mal acht Uhr in der Frühe. Ich beobachtete, wie er schlief. Er atmete ganz ruhig und langsam. Wenn mich jemand beim Schlafen beobachten würde, das würde mir gar nicht gefallen. Also schloss ich wieder meine Augen. Als ich wieder wach war, lag Benito nicht mehr neben mir. Ich sah auf die Uhr und es war elf Uhr mittags. „Guten Morgen, mein Schatz, hast du gut geschlafen?" Das ist das zweite Mal, dass er mich seinen Schatz nannte. Schatz, das gefiel mir, daran könnte ich mich gewöhnen. „Ja, danke." „Es tut mir leid, dass du so angezogen geschlafen hast, doch ich wollte nicht, dass du etwas Falsches denkst, also habe ich dich nicht umgezogen. Ich wollte dir von meinen Jogginganzügen geben, doch du bist so schnell eingeschlafen, da konnte ich nicht mithalten." Danke, lieber Gott, dass du mir geholfen hast, oder besser gesagt: Danke, lieber Wein, dass du mich zum schlafen gebracht hast. Wie sollte ich denn seine Jogginganzüge tragen können? Er wiegt mindestens zwanzig Kilo weniger als ich. „Es tut mir leid, doch anscheinend macht mich Wein müde, ohne dass ich es merke." „Das freut mich auch, denn somit konntest du in meinem Bett schlafen neben mir, denn so wie ich dich kenne, hättest du das mit nüchternem Zustand nicht zugelassen." Da dämmerte es mir. Wie hatte er es geschafft, mich in sein Bett zu tragen? Wie war ich in das Zimmer gekommen? Hatte er mich getragen? Oh Gott, ich wollte es mir nicht vorstellen. Wer weiß, wie er seine Kraft gesammelt hat, um mich auf sein Bett zu tun! Der Arme hat bestimmt jetzt Rückenschmerzen und bemüht sich, dass ich es nicht merke.

„Was möchtest du zum Frühstück? Ich habe keine große Auswahl, weil ich ja nicht ahnen konnte, dass ich Glück haben werde und so hohen Besuch bei mir die Nacht habe." Ich hätte auch nicht gedacht, dass ich mit der gleichen Kleidung und noch Jungfrau in deinem Wohnzimmer stehe, sagten meine Gedanken. „Wir können auch frühstücken gehen, nebenan ist ein kleines Café, wenn du möchtest." Doch ich wollte nur nach Hause, mir mein Gesicht waschen und meine Zähne putzen, danach mich duschen und umziehen. Irgendwie fühlte ich mich nicht wohl in meiner

Haut. „Ach entschuldige, du möchtest dich bestimmt erst mal frisch machen. Ich habe auch eine neue Zahnbürste, wenn du möchtest." Konnte er meine Gedanken lesen? Wozu braucht er eine neue Zahnbürste, wenn er seine eigene benutzt? Hatte er öfter Besuch in der Wohnung? Jetzt drehe ich wohl ganz durch. „Du solltest mit zu mir kommen, ich bereite nämlich auch lecker Frühstück, sollst du wissen. Somit kann ich mich umziehen und du kannst von mir aus zur Arbeit." Hatte ich das wirklich gesagt? Dazu auch noch ganz locker und so spontan. Ich hatte noch nicht einmal einen Gedanken darauf verschwendet. Ohne zu überlegen war es aus mir herausgeschossen. „Gerne, ich packe nur noch meine Arbeitskleidung zusammen", sagte Benito. Warum auch nicht, er war bis jetzt noch gar nicht bei mir gewesen. Schon war er fertig und wir gingen zum Auto. Unterwegs holte Benito noch Brötchen. Bei mir angekommen, stellte ich fest, dass es nur zehn Minuten von seiner Wohnung zu meiner dauert. In den zehn Minuten hatte er auch noch Brötchen gekauft, also musste es weniger dauern. Ich bot ihm Platz an, doch anscheinend wollte er sich ein wenig umgucken. Er schaute sich die Bilder an, die ich im Wohnzimmer hängen hatte. Viele mit Angelique und viele auch mit meiner Familie. Auf den Bildern wiege ich mehr als jetzt und schrecklich sehe ich auch aus. Ein Jahr hatte ich mir sogar eine Dauerwelle machen lassen, weil es Mode war, die Haare lockig zu tragen. Wie dumm von mir, doch mit der Mode musste man mithalten. Zum Glück hatte ich auch keinen Prinz Eisenherz Haarschnitt auf den Bildern. Ich weiß das ich viele Jahre so einen Haarschnitt getragen hatte. Jetzt mochte ich ja nur glatte Haare. Die waren so pflegeleicht. Man konnte mit glatten Haaren machen, was man wollte. Ob offen lassen oder einen Zopf machen oder sie einfach flechten, es sah gut aus.

„Du hast es sehr gemütlich", sagte Benito und kam auf mich zu. Doch ich ging einen Schritt zurück und erklärte ihm, dass ich mich kurz umziehe und gleich wieder da bin. Als ich im Badezimmer verschwand, guckte ich im Spiegel. Ich sah ein wenig blass aus. Ich wusch mir das Gesicht und putzte mir die Zähne. Es war ein herrliches Gefühl, endlich eine Frische im Mund zu haben. Im Schlafzimmer überlegte ich, was ich anziehen soll. Da ich zu Hause bin, entschied ich mich für etwas Lockeres. Ich zog meinen grauen Hausanzug an, der mir genau passte. Nicht zu eng und auch nicht zu groß. Als ob mir je etwas zu groß war! Das stimmte nicht genau, nicht mehr, meine Kleidung, die ich anhatte, bevor ich Benito kennengelernt hatte, die war mir wahrhaftig zu groß weil da man keine Fett-Rundungen sehen sollte. Ich klopfte mir auf die Schulter, da es ja sonst keiner tat und ging ins Wohnzimmer, wo Benito nicht war. Ist er jetzt abgehauen? Doch da hörte ich Geschirr aus der Küche. Ich ging zur Küche und sah, dass Benito schon alles vorbereitet hatte. Er hatte den Tisch gedeckt. Uns Tee gemacht und jetzt machte er Rühreier. „Ich hoffe, es ist dir recht. Deine Küche ist sehr gut organisiert und durchdacht. Das gefällt mir!" „Danke, ich bin auch sehr praktisch." In vieler Hinsicht, dachte ich mir. „Setz dich, mein Schatz, heute möchte ich dir etwas Gutes tun", sagte er. Etwas Gutes tun, was für ein wundervoller Satz. Ich setzte mich hin und beobachtete Benito, wie er in meinen Tee Milch tat. Er merkte sich einfach alles: wie ich meinen Tee trank oder was ich am liebsten trank. Ob das so bleibt? Ob alles so schön ist, wenn ich erst mal mit ihm geschlafen habe? Wieso schob ich alles auf den Sex zu? Wenn er so ein schlechter Mensch wäre, dann hätte er doch die ganzen Wochen nicht gewartet, sondern mich zum Sex gedrängt. Warum musste ich so negativ sein, warum genoss ich einfach nicht die Zeit mit ihm? Ich sollte mich ändern. Ich sollte im Leben positiver gehen. Am besten sollte ich mich mit Angelique unterhalten. Schließlich hatte ich seit der Beziehung mit Benito nicht mit ihr offen geredet. Da wir uns auch wieder lieb hatten, war es an der Zeit, dass sie ihre Erfahrungen mit mir teilt. Denn das sollte ja diesmal nicht umsonst sein. Nachdem wir lecker gefrühstückt hatten und uns lange unterhielten, brach Benito zur Arbeit auf. Er bedankte sich für die schöne Nacht und ich mich für das Frühstück. Zu guter Letzt gab er mir noch einen Kuss auf meinen Mund und ging. Ich schloss die Tür mit einem großen Lächeln!

Ich ging in die Küche zurück und mir fiel auf, wie Benito liebevoll den Tisch gedeckt hatte. Ich überlegte, ob er immer so ist oder nur versucht, mir zu gefallen? Meine Brüder würden sagen, dass er nur das Eine möchte. Was sollten sie auch sonst sagen? Welcher Bruder mag denn schon von

Anfang an den Freund der Schwester? Zumal er auch kein Türke ist. Ob das ein Problem für die zwei ist? Ich hoffe mal nicht, denn es hat ja lange genug gedauert, bis ich einen Freund habe, das wird wohl meine Ausrede sein. Und wenn nicht, dann müssen sie halt damit leben. Da bekam ich gleich ein komisches Gefühl, da wir ja auch morgen mit Angelique zu meinen Eltern fahren. Ich freute mich einerseits sehr, denn ich hatte ja auch alle vermisst. Seitdem ich Benito kennengelernt hatte, war ich nicht bei meiner Familie gewesen und das sind mehrere Wochen her. Wann waren wir beide denn zusammen gekommen? Wann ist man denn überhaupt ein Paar? Wenn man sich küsst oder wenn man miteinander geschlafen hat? Ich sollte mich fürs Küssen entscheiden, denn eine andere Alternative hatte ich ja nicht. Ich holte mir meinen Kalender um auszurechnen, wann wir ungefähr zusammen gekommen waren. Wann hatte ich denn das erste Mal mit ihm getanzt? Auf dem Kalender sah ich unseren ersten Kuss in einem Herz notiert. Es war genau sieben Wochen zurück. Wir waren jetzt genau sieben Wochen zusammen. Die Zeit verging aber schnell! Das heißt, dass ich auch meine Familie seit sieben Wochen nicht gesehen hatte. Dann wird es morgen doch höchste Zeit. Wir telefonierten zwar täglich, doch das reichte nicht. Ich hatte meine kleine Schwester ziemlich vermisst und freute mich schon auf morgen. Ich rief sofort meine Mama an, um ihr mitzuteilen, dass wir morgen kommen. Angelique war sowieso fast immer dabei, also brauchte ich nicht sie extra anmelden. Nachdem ich mit meiner Mama gesprochen hatte, überlegte ich ihren letzten Satz, den sie mir gesagt hatte. Sie sagte, dass es schon in Ordnung sei, dass ich lange nicht da war, denn ich hatte ja einen guten Grund dafür gehabt. Was meinte sie damit? Hatte sie mich mit Benito gesehen? Das konnte nicht sein. Auch wenn ich nicht ganz so entfernt von meiner Familie bin, wenn sie in die Stadt reinfuhren dann hätte ich davon gewusst, weil sie mich ja auch immer besuchen.

Hatte Angelique sich verplappert? Nein, wie denn auch? Ob meine kleine Schwester etwas erwähnt hatte? Ganz sicher auch nicht, denn ihr könnte man den Arm abhacken, sie würde nie ein Geheimnis ausplappern. Schon gar nicht, wenn es etwas mit mir zu tun hat.

Dann lass ich mich einfach morgen überraschen. Erst mal müssen Angelique und ich planen, wie ich mit Benito in den Urlaub fliegen kann. Es wunderte mich, dass sie sich noch nicht gemeldet hatte. Ich sollte jetzt erst mal duschen und ein wenig meine Wohnung aufräumen, zumindest den Frühstückstisch, danach melde ich mich bei ihr. Als ich mich auszog, sah ich unterm Waschbecken meine Waage. Sofort zog ich sie hervor und stieg drauf. Glaubte ich, was ich da sah? Ich sollte noch einmal absteigen. Da hatte ich ja schon Übung. Ich stieg ab und stieg wieder drauf. Und es stimmte, ich wog genau 84 Kilo. Wann hatte ich denn das letzte Mal in meinem Leben so wenig gewogen? Ich sage wenig, denn für mich ist das so. Dann habe ich ja genau in sieben Wochen 23 Kilo abgenommen! Gut, sagen wir mal in elf Wochen. Mit der Diät habe ich angefangen, als ich Benito das erste Mal sah. Das waren genau fünf Wochen vor unserem Kuss. Daran kann ich mich noch gut erinnern, weil es die schwierigsten Abnehmtage waren. Aller Anfang ist schwer, der Spruch stimmt genau. Also in elf Wochen 23 Kilo abgenommen. Ob das auch gut ist? Experten würden jetzt sagen, dass das viel zu schnell ist und ich einen Jojo-Effekt bekommen kann, wo ich das Doppelte wieder zunehme. Also sollte ich versuchen, mein Gewicht zu halten. Ich zog jetzt Größe 44 an und mir gefiel es. Eine Größe weniger wäre auch in Ordnung, aber mir ging es auch so gut. Ich konnte zumindest in jedes Geschäft rein und einkaufen. Ade mit dem Geschäft, wo es nur für Mollige etwas gab. Ich bin zwar noch mollig, aber ich fühlte mich auch noch wohl und Größe 44 ist eine geläufige Größe. Heute hatte ich nach langer Zeit wieder ein Hungergefühl im Magen. Hatte ich nicht vor ein paar Stunden gefrühstückt? Ich hatte zwei Brötchen gegessen. Früher hätte ich bestimmt drei gegessen. Seit meiner Diät hatte ich Frühstück ganz weggelassen, was natürlich ganz falsch ist. Ich hatte einfach keinen Hunger, und weil das so selten vorkam, aß ich einfach nichts. Komischerweise kam mein Hunger nur dann, wenn Benito neben mir war. Ich fühlte mich einfach wohl neben ihm. Ich fühlte mich federleicht, er gab mir das Gefühl, wie eine Feder zu sein. Ich stieg in die Wanne und merkte, dass das Wasser nicht aus der Badewanne kam. Früher wären die ganzen Bodenfliesen nass geworden. Ich freute mich wie ein kleines Kind darüber. Mein Glück war heute nicht zu bremsen. Ich hatte einen tollen Freund, eine tolle beste Freundin, eine liebevolle Familie und das Wichtigste, ich war schlanker als je zuvor. Was wollte ich jetzt noch mehr?

Mir fehlte nur noch eines zu meinem Glück: Sex mit meinem Freund. Ich wollte einfach, dass er der Erste in meinem Leben ist. War denn nicht immer das erste Mal am wichtigsten? Das sollte ich besser Angelique fragen. Oder sollte ich nicht lieber selbst meine Erfahrung machen? Bei jedem ist es doch bestimmt anders. Was, wenn sie mir sagt, wie sehr es bei ihr wehgetan hat? Ich sollte einfach alles auf mich zukommen lassen. Ich wusste ja auch nicht, ob ihr das erste Mal auch so wichtig ist oder war wie mir. Nach dem Baden föhnte ich meine Haare glatt und setzte mich auf mein Sofa, um mir meine Fingernägel zu lackieren. Ich war ja heute Abend mit meinem Freund verabredet. Sagen wir lieber heute Nacht, er wollte mich abholen, wie er es immer tat. Um kurz vor Mitternacht lief ein Film im Kino, den wollten wir uns angucken. Natürlich ein romantischer Liebesfilm! Welche Farbe sollte ich meinen Nagellack dranmachen? Ich überlegte, was ich anziehen sollte, damit auch meine Nägel dazu passten. Männer haben es da wohl besser als Frauen. Männer müssen sich keine Gedanken darüber machen, ob die Kleidung mit dem Lippenstift oder mit dem Nagellack übereinstimmt, die Schminke nicht zu grell ist oder welcher Gürtel zu welchen Schuhen passt, nicht zu vergessen die Handtasche. Männer hingegen müssen nur darauf achten, dass die Schuhe mit dem Gürtel zusammenpassen. Ansonsten haben sie keine weiteren Probleme. Sie müssen keine Augenbrauen zupfen und sich nicht bei jeder Gelegenheit enthaaren. Gut, das nehme ich zurück, heutzutage zupfen ja auch Männer ihre Augenbrauen. Die Brust enthaaren sie sich auch, was sie nicht müssen, denn es sieht alles andere als appetitlich aus, wenn ein Mann an der Brust kein einziges Haar mehr hat. Mir persönlich gefällt ein Mann mit Haaren, es sieht einfach männlicher aus. Außerdem rasiert ein Mann alles nur ab. Wir Frauen hingegen wachsen oder epilieren uns, was wirklich nur schmerzhaft ist. Ich hoffe, Benito hat Haare auf der Brust. Er muss ja nicht behaart wie ein Affe sein, doch er sollte auch etwas

Fülle haben. Ich suchte ein lila Kleid aus dem Schrank, es hatte leichte Puffärmel, die mit einer Schleife bestickt waren. Dazu hatte ich auch passende lila Schuhe die ich heute Abend natürlich tragen werde. Also sollte mein Farbton für meine Nägel etwas greller sein. Ich entschied mich für die Farbe Pink.

Vor genau zehn Wochen hätte ich noch nicht einmal im Traum daran gedacht, so auffällige Farbtöne zu benutzen. Doch jetzt gefiel es mir. Nachdem ich mit dem Auftragen fertig war, begutachtete ich meine Hände. Irgendwie kamen sie mir auch schlanker vor. Es klingelte an der Tür. Als ich die Tür öffnete, stand Angelique mit einer großen Tüte Fast Food in der Hand. Sie hatte wohl meine Gedanken gelesen. Denn Hunger hatte ich schon vor ein paar Stunden bekommen. Wir umarmten uns, als sie reinkam und ich war froh, dass alles so war wie früher zwischen uns. Wir machten unseren Tisch voll mit Esssachen, nahmen unsere Getränke dazu und setzten uns hin. „Du siehst richtig gut aus", sagte sie mit großen, ehrlichen Augen. Doch meine Antwort war: „Du hast mir gefehlt." Sie sprang auf und kam auf mich zu. Mit einer Umarmung sagte sie: „Du mir auch, Süße." Tränen schossen in unsere Augen und wir mussten lachen. Ich erzählte, wie viel ich abgenommen hatte und die ganze Geschichte mit Benito von Anfang bis zum jetzigen Zeitpunkt. Sie fragte jedes kleine Detail und interessierte sich für alles. Natürlich war ihre allererste Frage, ob ich schon meine Blume verschenkt hatte. Darüber mussten wir beide lachen! Ich erklärte ihr, dass ich gestern zwar bei ihm übernachtet hatte, doch nichts passiert sei. Sie sagte mir, dass sie sehr angetan von Benito war und sich sicher ist, dass er es ernst mit mir meint. „Ein richtiger Gentleman", fügte sie hinzu. Sie sagte, dass ich einfach auf den richtigen Zeitpunkt warten soll, und der wird schon bald kommen und dann würde sich alles von selbst ergeben. „Doch, Süße, beim ersten Mal könnte es gerade bei dir wehtun, denk daran, das ist dann auch normal." Wie meint sie das? Warum gerade bei mir? Bin ich denn so wehleidig oder wie soll ich das verstehen? Seit wann nannte sie mich überhaupt „Süße"? Das Wort mochte ich überhaupt nicht, das wusste sie doch. „Wie meinst du das mit ‚gerade bei mir'?", fragte ich sie schließlich. „Na, du weißt doch, was man über

schwarze Männer sagt", sagte sie und zwinkerte mir zu.
„Nein, das weiß ich nicht, und damit wir uns nicht falsch
verstehen, er ist nicht schwarz, sondern schokobraun, also
ein Mulatte." „Ob Mulatte oder schwarz, Darling, alle haben
dieselbe Größe, wenn du verstehst ..." Sie lachte und machte eine komische Handbewegung dazu. Meinte sie die Größe, die ich gerade verstanden hatte? Ich muss es ja wieder
schwieriger machen, als es ist. Da lerne ich endlich jemanden kennen, und der hat gleich beim ersten Mal eine Mega-
größe. Wir lachten beide los, als ob sie wieder meine Gedanken gelesen hatte.
Na, was soll's, da muss ich eben durch. Kann ja nur besser
sein. Das hoffe ich zumindest. Ich fragte sie, wo Jason sei,
ob er zu Hause bei ihr ist und auf sie wartet. Doch die Geschichte mit ihm ist wohl schon erledigt. Zu meiner Freude!
Sie erzählte mir, dass sie ihn gestern in der Bar auf die
Toilette gehen sehen hat. Da folgte sie ihm. „Wie, auf die
Männertoilette?", fragte ich sie. „Natürlich", sagte sie. Da
hat sie wohl unter die Kabinen geguckt, wer zu zweit drin
ist, und hat die beiden auch gleich gefunden. Daraufhin
stand eine Vase mit Blumen am Waschbecken. „Ich habe
die Blumen ins Waschbecken getan, die Vase voll bis oben-
hin mit Wasser gefüllt, bin in die Nebenkabine, auf die
Toilette gestiegen ... Sieh da, mein Freund, der seit Wochen
bei mir wohnt, knutscht mit irgendeiner Schlampe." Woher
weiß sie, dass sie eine Schlampe ist, dachte ich mir. Doch
ich sagte nichts zu ihr, denn welche Frau knutscht auch mit
jemandem, den sie gar nicht kennt, auf irgendeiner Herren-
toilette? Also könnte Angelique auch recht haben mit der
Bezeichnung. „Beim Küssen war seine Hand unter ihrem
kurzen Mini." Sie machte eine Pause, biss von ihrem Burger
ein Stück ab und guckte mich nur an. Warum erzählte sie
nicht weiter? „Willst du, dass ich mir jetzt alles selber zu-
sammenreime?", fragte ich sie. „Ich habe ja wohl auch noch
Hunger, habe heute fast nichts gegessen", kam ihre Antwort. Ich hungerte seit zehn Wochen und sie schaffte es
noch nicht, ein paar Stunden auszuhalten. Eigentlich aß sie
ja immer gut, nur es setzte sich nicht bei ihr an. „Jedenfalls", fuhr sie weiter, „sagte ich von oben herab hallo. Beide
guckten erschreckt hoch." Sie erzählte, dass sie der Frau
gesagt hätte, dass er es im Bett nicht brachte und sie solle

sich lieber selbst befriedigen, das würde sich wenigstens lohnen. Dabei goss sie Jason das ganze Wasser aus der Vase auf ihn herunter. „Beide schrien auf und stürmten aus der Kabine heraus. Was soll ich sagen, ein wenig Angst hatte ich schon vor ihm und schloss mich in der Toilettenkabine ein, doch das war gar nicht nötig, denn der Freund der Schlampe kam herein und überraschte seine Freundin mit offener Bluse und Jason mit offenem Schritt." Ich traute meinen Ohren nicht, da war wohl viel passiert, als wir weg waren. „Also schlug der Mann ohne ein Wort zu sagen auf Jason ein." Sie lachte auf und sagte: „Nebenbei zog er seiner Freundin die Haare." „Was hast du in der ganzen Zeit gemacht?", fragte ich sie.

„Ach, ich hatte die Tür einen Spalt geöffnet und somit eine gute Sicht." „Als Jason blutig auf dem Boden lag und der Mann seine Freundin anschrie, bin ich aus der Kabine raus und habe mich bei dem Herrn bedankt." Sie lachte. „Was du dich traust", sagte ich. „Damit nicht genug, ich habe ihm gesagt, wenn er sich von seiner Freundin getrennt hat, dann könnte er sich bei mir melden. Ich sagte ihm noch, dass ich jetzt fast jeden Donnerstag hier bin und dass er einfach an der Bar nach mir fragen soll." Habe ich da eben richtig gehört, *was* hat sie gemacht? „Erstens musst du mir sagen, wie du bei einer Neueröffnung es schaffst, dass man deinen Namen an der Bar weiß und zweitens, was der Freund dazu gesagt hat!" „An der Bar arbeitet ein ehemaliger Arbeitskollege von mir und auch wenn nicht, würde ich mich da schon bekannt machen, das weißt du doch, Süße." Natürlich, wie konnte ich das vergessen, sie ist Angelique, sie macht das Unmögliche möglich. „Der Freund hat mich erst komisch angesehen, doch danach hat er gelächelt und gesagt, dass er gerne auf das Angebot zurückkommen wird, wenn er mit dem Dreck fertig sei." „Mit Dreck meinte er seine Freundin", fügte sie noch hinzu. „Das habe ich schon verstanden." Doch eins wollte ich noch wissen: „Was ist jetzt aus Jason?" „Was soll denn aus ihm sein, danach bin ich nach Hause gefahren, habe all seine Sachen, die er bei mir hatte, in Müllsäcke gepackt und aus dem Fenster geschmissen, wobei ich ihn zu mir kommen sah. Was hatte sie gemacht? Sie erzählte das alles mit einem ruhigen Gewissen und einer inneren Ruhe, dass es sehr schwer war, ihr zu glauben.

Doch ihre Beziehungen gingen immer mit verschiedenen Geschichten in die Brüche, also war es eigentlich nichts Neues für mich. Bei ihr sollte mich doch nichts mehr erstaunen. „Was hat er dann gemacht und konnte er überhaupt nach den Schlägen, die er einstecken musste, normal gehen?" fragte ich. „Er hat mehrmals geschrien, dass er mich liebt und braucht und dass ihm alles so leid täte. Doch ich habe nur das Fenster geschlossen und bin in die Dusche. Als ich mich bettfertig gemacht habe, waren er und seine Sachen nicht mehr da. Also ist somit dieses Kapitel auch zu Ende, wieder mal." Sie sagte den letzten Satz so traurig, dass ich beschloss, ihr nicht zu sagen, dass ich mich darüber freute, dass er aus ihrem Leben verschwunden ist. „Geht es dir denn gut?", fragte ich stattdessen.

„Klar, sonst würde ich hier nicht sitzen und darüber lachen, nur ich glaube, es ist langsam an der Zeit, wie du eine ernste Beziehung zu finden. Hat Benito Freunde?", fragte sie im gleichen Atemzug. Sie stellte mir eine Frage, worauf ich selber keine Antwort hatte. Ich hatte noch keinen Freund von ihm kennengelernt. Wollte er das nicht? Nein, ich werde mir jetzt keine negativen Gedanken machen. Er hat ja meine Freundin auch erst gestern kennengelernt und das nur zufällig. „Ich weiß es nicht, ich frage ihn nachher mal", antwortete ich. „Ach, ihr trefft euch noch heute?", fragte mich meine Freundin mit Großen Augen. Das war nicht nett von mir und ich kam mir blöd vor, meine Freundin alleine zu lassen. Doch ab morgen bin ich zwei Tage mit ihr zusammen und Benito sehe ich dann nicht. Verabschiedet hatte ich mich von Benito auch noch nicht. Ich wollte ihn einfach gerne noch mal sehen. Also sagte ich nur: „Ja, wir gehen ins Kino." Ich fragte noch nicht einmal, ob sie mitkommen möchte. Doch ich weiß nicht, was wir nach dem Kino machen. Falls ich mit zu ihm gehe, dann durfte auch nichts im Weg stehen. Doch wenn Angelique mit ins Kino kommt, dann würde sie bei mir schlafen wollen und der Abend mit Benito wäre beendet. Ich bin vielleicht egoistisch, doch ich erlebe so etwas mit Benito zum allerersten Mal und möchte es einfach genießen. Sie kennt sich da ja besser aus, weil sie mehr Erfahrung hat. Gegen 22 Uhr fing ich langsam an, mich fertig zu machen. Angelique sagte, dass ich richtig gut aussah und sehr anders, dass sie mich gar nicht kannte. Ich überlegte, ob meine Veränderung an Benito lag oder am verlorenen Gewicht. Vielleicht lag es einfach an beidem. Um genau 23 Uhr klingelte die Haustür, was mich wunderte. Sonst rief er doch immer vorher an, um mir mitzuteilen, dass er Feierabend gemacht hat. Ich öffnete die Tür und Benito kam die Stufen hoch. In der Hand hielt er einen Strauß voller roter und gelber Gerbera. „Ich weiß, dass du sie im Sommer gerne in deine Wohnung stellst", sagte er. „Heute sah dein Küchentisch so leer aus, mein Schatz." Wie aufmerksam er doch ist! Ich bedankte mich und küsste ihn. Als ich mich wieder wegdrehen wollte, hielt er mich fest und gab mir nochmals einen Kuss auf meinen Mund. Ich schloss meine Augen und ließ mich einfach locker. Seine Hände zogen mich fester an sich und er küsste meinen Hals. Langsam ging er mit seiner Zunge hinter meinem Ohr entlang. Ich wusste nicht, was mit mir geschah, doch es gefiel mir sehr.

Er flüsterte mir ins Ohr, ob ich nicht lieber mit ihm hierbleiben möchte und ich nickte nur. Er zog meinen Reißverschluss vom Kleid runter, bis uns eine Stimme auseinanderbrachte. Ich hatte meine Freundin vergessen. Ich zog sofort meinen Reißverschluss wieder hoch. „Wir kommen", rief ich Angelique zu. „Es tut mir leid, meine Freundin ist da, sie habe ich ganz vergessen", sagte ich. „Das ist doch ein gutes Zeichen, sie zu vergessen, zumindest jetzt", sagte er, nahm meine Hand und folgte mir ins Wohnzimmer. Beide begrüßten sich, wobei Angelique gleich auf ihn zukam und ihn auf die Wange küsste. So war sie halt, sehr zugänglich und genoss es, im Mittelpunkt zu stehen. Wir entschlossen uns, für heute Kino ausfallen zu lassen und gingen alle drei in die Küche, um uns von meinen mickrigen Lebensmitteln, die ich hatte, etwas zu kochen. Wir entschieden uns für selbstgemachte Pommes, wobei meine Kartoffeln nicht mehr gut aussahen. Dazu gab es Putenschnitzel, was ich als Einziges im Gefrierschrank fand. Es war nichts Besonderes, doch Benito zauberte uns eine leckere Soße dazu, die ziemlich lecker war. Wenn das ab morgen auch so weitergeht mit dem Essen, dann sehe ich bald aus wie vorher. Das darf nicht passieren, also werde ich ab morgen wieder nichts essen. Was bei meiner Mama sehr schwer sein wird, denn sie kocht einfach zu lecker und alles hausgemacht, vor allem türkisches Essen, und das ist für mich persönlich das leckerste. Wir setzten uns drei gemeinsam an den Küchentisch und meine Gerbera mittendrin. Wir aßen und tranken, dabei erzählte Angelique die Geschichte mit Jason erneut. Er hatte sie lediglich gefragt, wie es ihrem Freund ginge und musste sich jetzt alles anhören. Beim Zuhören war seine Hand auf meinem Oberschenkel. Er guckte mich oft an und lächelte. Nachdem er sich alles angehört hatte, sagte er nichts dazu. Er fragte sie nur, ob es ihr gut ginge. Sie antwortete ihm, dass es ihr besser geht. Ich war froh darüber, dass sich beide verstanden und man sah Benito an, dass er sich wohlfühlte. Er hatte bestimmt gestern gemerkt, was für ein Typ Jason ist, doch er hatte sich nicht geäußert. Angelique muss man auch erst mal kennenlernen, um nicht ein schlechtes Bild von ihr zu haben. Doch Benito sagte kein schlechtes Wort, denn das würde mich ehrlich kränken. Nach dem Essen räumten wir den Tisch gemeinsam ab. Angelique verteilte unsere Spielkarten im Wohnzimmer. „Du siehst einfach zum Anbeißen aus heute", sagte er.

„Ich halte mich sehr schwer, dich gerade nicht zu verführen", fügte er hinzu. Er wollte mich verführen, ich könnte ihm alle Kleider vom Leib reißen. Denn heute spürte ich an meinem Körper etwas, das ich nicht kannte. Ich spürte nur Lust, Lust mit ihm vieles zu machen. „Dafür wirst du noch Zeit genug haben, jedoch nicht heute", sagte ich, gab ihm einen Kuss auf die Nasenspitze. „Wofür wird er noch Zeit genug haben?", fragte meine Freundin an der Küchentür. Benito und ich sahen uns an und lachten nur. „Ach dafür", sagte sie. „Das erste Mal soll ja auch besonders und geplant sein, also Mr. Benito, mach es richtig." „Das erste Mal?", fragte Benito. Ich guckte nur meine Freundin an. Was hatte sie gesagt? Sie hatte genau das ausgeplaudert, was ich versuchte, ihm schon die ganze Zeit zu erzählen. „Du wusstest es nicht? Tut mir leid, das wusste ich nicht." Sagte sie und verschwand ins Wohnzimmer. Der letzte Satz war jetzt von ihr auch nicht nötig. Er schaute mich an, als ob er eine Antwort erwartete. „Ich wollte es dir die ganze Zeit sagen, nur damit du Bescheid weißt", stotterte ich. Was für eine blöde Ausrede. Vor allem ist das doch meine Sache, wieso musste ich ihm überhaupt Rechenschaft abgeben? Das ist doch allein meine Sache, ob ich noch Jungfrau bin oder nicht. Wenn er mich jetzt stehen lässt und abhaut, dann war er es nicht wert, ganz einfach. Bitte geh nicht, bitte. Dieser Gedanke machte mir Angst. „Es ist schon o.k., du musst mir ja keine Erklärung geben, ich bitte dich", sagte er. „Es ist nur, ich hätte nicht gedacht, dass du noch eine Jungfrau bist."

„Wie meinst du das?", fragte ich mit der Hoffnung, er sagt etwas Gutes. „Verstehe das bitte nicht falsch, aber ich verstehe einfach nicht, wie man so eine bildhübsche Frau nicht schon weggeschnappt hat." Er nannte mich „bildhübsch"! „Dann sollte ich es besonders unvergesslich gestalten", sagte er, lächelte, nahm mich in den Arm. Er küsste meine Stirn. Dass ihm das imponiert und ich ihn damit überrascht hätte. Besser gesagt, hat ihn ja Angelique überrascht. Wenn es nach mir ginge, hätte er es nie erfahren. Ich umarmte ihn genauso und wusste ganz genau, dass er der Richtige ist. Er ist der Richtige für das erste Mal. Das nächste Mal werde ich mir keine Gedanken machen und es einfach geschehen lassen. Wir gingen zu Angelique. Sie hatte uns schon die Karten für das Spiel verteilt. Benito kannte das Spiel nicht und wir erklärten ihm es. Es hatte keinen Namen,wir hatten uns es mit meinen Geschwistern ausgedacht. Es fing von einer Stufe an und endet an und endete wenn einer sechs stufen erreichte.. Dann muss man verschiedene vorgegebene Regeln erfüllen, um eine weitere Stufe zu steigern. Wir spielten es einmal durch und Benito gewann das Spiel. Angelique meinte, das wäre Anfängerglück. Wie immer, dachte ich. Gegen drei Uhr morgens verabschiedete sich meine Freundin von uns und ging nach Hause. Ich sagte Benito, dass ich morgen mit Angelique zu meiner Familie fahre und erst Sonntagabend wieder da sei. Ich erklärte ihm, dass ich das mit dem Urlaub erst mit meiner Familie klären muss. Das es bei uns nicht üblich ist, alleine mit einem Mann in den Urlaub zu fliegen, da wir nicht verheiratet sind und dass ich es nicht geheim machen möchte. Er verstand alles und versicherte mir, dass, wenn ich nicht könnte, es nicht schlimm sei, denn dann könnten wir ja hier auch ein paar schöne ruhige Tage verbringen. Wollte er mir damit sagen, dass er dann auch nicht fliegt? Wollte er auf seinen lang ersehnten dominikanischen Urlaub verzichten? Wegen mir? Er sagte noch, dass er noch nie in der Türkei war und es ja näher als seine Insel wäre und wir ja dorthin fliegen könnten. Doch das könnten wir ja erst nach dem Wochenende entscheiden, denn dann wüsste ich ja mehr. Ich sagte ihm, dass wir dann eine Münze werfen könnten, denn ich war ja auch nie auf seiner Insel. Damit war er einverstanden und wir verabredeten uns für Sonntagabend bei mir zum Münzewerfen. Natürlich wenn alles gut klappt. Dann stand er auf und meinte, dass ich schlafen sollte, weil ich ja noch etwas fahren muss. Er wusste doch, dass ich kein Auto habe und meine Freundin fährt. Hatte er jetzt Angst bekommen, weil ich noch Jungfrau bin? Er küsste mich und sagte, dass alles o.k. ist, als ob er genau wusste, was in meinen Gedanken vorging. „Ich möchte dich zu nichts zwingen", sagte er anschließend. „Tust du auch nicht", antwortete ich. „Ich möchte nur nichts falsch machen, ich möchte das alles perfekt für dich ist." Ich wusste nicht mehr, was ich sagen sollte. Sollte ich jetzt diesen Satz als etwas Gutes sehen oder als etwas schlechtes? Es sollte ja auch nicht so aussehen, als ob ich zum Sex anflehe. Ich hatte schließlich 24 Jahre lang gewartet, da kam es auf die zwei Tage auch nicht mehr an. Ich brachte ihn zur Tür und gab ihm einen innigen langen Kuss. „Ich rufe dich in ein paar Stunden an, mein Schatz", sagte er und ging. Ich kann es kaum erwarten, dachte ich. Trotz allem war es ein sehr gemütlicher Abend geworden und zu allem hatte ich ein sehr gutes Gefühl im Magen! Hoffentlich würde sich das am Wochenende nicht ändern.

Auf dem Weg zu meinen Eltern hatte ich ein ungutes Gefühl im Bauch. Irgendwie war mir mulmig dabei, meine Eltern um Erlaubnis zu bitten, ob ich mit meinem Freund in Urlaub fliegen kann. Ich meine, ich war alt genug, das selbst zu entscheiden, keine Frage, doch bei uns war das so üblich, um Erlaubnis zu bitten. „Was mache ich, wenn sie Nein sagen?", fragte ich Angelique. „Das werden sie nicht." Wie konnte sie sich da so sicher sein? Sie hatte es soweit gut, sie musste niemanden um Erlaubnis bitten. Ihre Eltern waren verstorben, als Angelique zehn Jahre alt war. Sie ist bei ihrer Großmutter aufgewachsen, die auch von uns ging, als Angelique 19 geworden ist. Seitdem lebte sie alleine und genoss es sichtlich. Doch ehrlich gesagt war ich froh meine

Eltern noch zu haben und das sollte auch erst mal so bleiben. „Du stellst einfach keine Frage, sondern setzt deine Eltern lediglich in Kenntnis, dass du mit deinem Freund in Urlaub fliegst", sagte sie nach einer Weile. Wie sollte ich das denn machen? Dann könnte ich gleich wieder zurück zu meinen Eltern ziehen. Denn das wäre die Strafe dafür, dass ich nicht gehorsam war. „Mach dir keine Sorgen, ich sage einfach, dass ich mitkomme und dass wir beide zusammen im Zimmer bleiben." Das hörte sich schon besser an. Doch das war wieder eine Lüge und ich wollte einfach meine Eltern nicht belügen. Es sei denn, Angelique würde wirklich mitfliegen, dann wäre es keine Lüge! Ob das Benito was ausmachen würde? Das sollte ich erst mal mit ihm klären, entschloss ich mich. Nachdem wir bei meiner Familie ankamen, war die Freude groß. Sofort setzten wir uns an den Esstisch, wie das immer so üblich war, und fingen an zu essen. Meine Mutter lobte mich für die vielen Kilos, die ich jetzt weniger hatte. Doch sie fügte hinzu, dass mein Gesicht fülliger besser aussah. Sollte ich das jetzt als Kompliment sehen? Meine kleine Schwester wusste den Grund unseres heutigen Besuches und sie grinste über das ganze Gesicht. Nach dem Essen später setzten wir uns in den Garten mit einem Glas türkischem schwarzen Tee, was nach dem Essen einfach dazugehörte. Meine Mutter fragte mich, was ich denn für einen guten Grund hatte, so lange nicht hier gewesen zu sein. Ich fragte sie, was sie damit meinte und sie erklärte mir, dass meine kleine Schwester ihr gesagt hätte, dass sie mich ein wenig in Ruhe lassen möchte, da ich einen guten Grund dafür hätte, nicht meine Eltern zu besuchen.

Das meinte sie also gestern am Telefon. Ich erzählte ihr von Benito. Dass ich ihn sehr mochte und auch sehr glücklich mit ihm bin. Angelique erklärte meiner Mutter, dass sie ihn kennengelernt hätte und ihn auch sehr mochte und sie sei sich ziemlich sicher, dass er mich heiraten würde. Doch so weit wollte ich nicht gehen und stoppte meine Freundin, bevor sie noch vieles mehr dazu sagte. Ob sie das wirklich ernst gemeint hat? Sah es so aus, als ob mich Benito heiraten möchte?

Doch das sollte hier jetzt nicht besprochen werden. Ich sagte meiner Mutter, dass er mit mir gerne Urlaub machen würde. Meine Mutter stockte und zwang sich, ihren Satz gewählt rauszusuchen. Sie erklärte mir, dass das bei uns nicht üblich sei und mein Vater und sie sich gedacht haben, dass ich einen Freund habe. Sie hätten auch nichts dagegen. Auch dass er kein Türke ist, stört sie nicht. „Aber?", sagte ich. „Ich muss das mit deinem Vater besprechen", antwortete meine Mutter. Das hört sich doch gut an, dachte ich. Ich meine, sie hätte ja gleich Nein sagen können. Angelique sagte meiner Mutter, dass sie auch gerne bereit wäre mitzufliegen, sozusagen als Aufpasserin. „Da bin ich mir sicher, dass du diese Aufgabe erfüllen kannst", sagte meine Mutter. Meine Freundin nahm das mit einer großen Freude an, doch im Ton meiner Mutter wusste ich, dass sie es ironisch gemeint hat. „Ich glaube auch nicht, dass Herr Benito möchte, dass du mitfliegest. Ich denke, wenn das klappen sollte, dann sollten die beiden alleine fliegen", fügte meine Mutter noch hinzu. Sie nannte Benito Herrn Benito, das hörte sich witzig an und irgendwie auch passend. Meine Mutter hatte recht, ich sollte nicht Angelique mit in den Urlaub mitnehmen. Wie sah das denn aus? Also musste ich nur noch bis heute Abend warten, dann wüsste ich mehr.

Nachdem wir nachts alle ins Bett gingen, hatte ich immer noch keine Antwort von meiner Mutter bekommen. Mein Vater war den ganzen Abend wie immer sehr gut gelaunt gewesen, also konnte er noch nichts darüber wissen. Meine Brüder machten mir Mut und fragten immer wieder, wann sie ihn kennenlernen könnten. Ich sagte nur: „Wenn es mit dem Urlaub klappt", so konnten sie meine Eltern auch ein wenig überreden. Ich hatte Benito am Telefon gesagt, dass ich ihn anrufe, wenn ich etwas Neues weiß, doch dann entschloss ich mich dazu, mich heute nicht mehr bei ihm zu melden. Irgendwie schämte ich mich dafür, dass ich als 24-jährige Erlaubnis von meinen Eltern nehmen muss, um mit meinem Freund in Urlaub zu fliegen. Was denkt er wohl jetzt von mir? Es würde mich nicht wundern, wenn er einen Rückzieher macht. Er könnte sich doch Frauen leisten, die ihre Entscheidungen selbst treffen und die auch mit ihm schlafen, wenn er möchte. Was sollte er mit mir?

Am nächsten Tag nach dem Frühstück machten Angelique und ich uns so weit fertig, dass wir wieder nach Hause fahren konnten. Doch bevor ich fahre, wollten meine Eltern mit mir alleine reden. Wir gingen ins Wohnzimmer und setzten uns. Mein Vater erklärte mir, dass er es sehr schätzt, dass ich um Erlaubnis bitte und dass ich so offen alles erzählt habe. Ihn hätte es gefreut, dass ich sie nicht belogen habe und nicht heimlich geflogen bin. Ich wusste, dass da ein Aber von ihm kommt. Es ging auch gar nicht anders. Es kann ja nicht von Anfang an alles gutgehen, irgendwo muss ja auch mal Schluss damit sein. „Jedenfalls kannst du mit ihm in Urlaub fliegen unter einer Bedingung", hörte ich meinen Vater sagen. Hatte ich gerade richtig gehört oder bildete ich es mir ein? „Wir möchten den Herrn vor deinem Urlaub bitte kennenlernen." Das soll die Bedingung sein? Nur das? Kein „Bleib Jungfrau, mein Kind!" Das heißt also, ich darf mit Benito in den Urlaub fliegen! Ich konnte es nicht glauben, doch ich blieb ganz ruhig und nahm es gelassen an. Ich bedankte mich bei meinen Eltern und gleichzeitig verabschiedeten wir uns. Auf dem Weg nach Hause schrie ich vor Glück. Ich erzählte Angelique von der Antwort meiner Eltern. Ich war so glücklich! Jetzt musste ich es nur noch Benito sagen. Doch das wollte ich heute Abend tun, wenn er zu mir kam. Wir mussten ja noch eine Münze werfen, um zu entscheiden, wohin es ging. Dominikanische Republik oder Türkei. Als mich Angelique zu Hause abgesetzt hatte, stieg ich sofort in die Wanne. Nach der Wanne stieg ich auf die Waage und siehe da, ich hatte genau drei Kilo wieder zugenommen. Entweder kam das vom leckeren Essen meiner Mutter oder weil Benito die letzten Tage viel gekocht hatte. Ehrlich gesagt störte es mich nicht, was mich wunderte. Kurz nach 18 Uhr klingelte Benito an der Tür. Er kam mit einem fragenden Gesichtsausdruck die Treppen hoch. Ich hatte ihm noch nichts verraten, und das wollte ich auch nicht in den nächsten Minuten tun. Ich deckte den Tisch mit vielem leckeren türkischen Essen, das meine Mutter mir eingepackt hatte, wie sie immer tat, wenn ich da war. Benito aß es sehr genüsslich und betonte immer wieder, wie sehr es ihm schmeckte. „Kannst du auch so gut kochen?", fragte er mich. „Ein wenig", antwortete ich. „Dann habe ich ja nichts falsch gemacht. Ich habe eine tolle, wunderschöne und liebenswerte Frau gefunden, die dazu noch gut kochen kann" sagte er. Hatte er mich gerade als seine Frau bezeichnet? Ich könnte mir schon vorstellen, ihn zu heiraten, dachte ich mir. Wenn alles noch so wunderschön in einem Jahr mit uns beiden ist, dann werde ich ihn heiraten. Das sollte ich mir als Ziel geben. Doch erst mal musste ich mein erstes Ziel verwirklichen, und das ist, keine Jungfrau mehr zu bleiben.

Doch erst mal war es an der Zeit, Benito zu sagen, dass wir in den Urlaub fliegen! Ich erzählte ihm vom Wochenende und dass ich meiner Mutter viel über ihn erzählt habe, schließlich auch gefragt habe, ob ich denn mit ihm in den Urlaub fliegen könnte. Er hörte mir mit großen Augen zu und als ich ihm sagte, dass meine Eltern zugestimmt haben, da freute er sich. Ich erklärte ihm auch, dass sie ihn noch vor dem Urlaub gerne kennenlernen möchten. Ob das für ihn in Ordnung ist? Doch er meinte, dass er kein Problem damit hätte. Er nahm mich in den Arm und erzählte mir, dass er in den letzten Tagen sehr intensiv über unsere Beziehung nachgedacht hätte. Er löste sich von der Umarmung und sah mich an. Ich wusste nicht, was er sagen wollte und bekam ein wenig Angst davor, dass es etwas Negatives sein könnte. Was ist, wenn er gerade mit mir Schluss macht, dachte ich. Was sollte ich dann meinen Eltern sagen? Hatte ich alles umsonst gemacht, das Wochenende auf mich genommen, wovon ich ausging, es endet nicht zu meinen Gunsten? Er nahm meine Hände in seine und spürte offenbar meine Angst, Angst davor, enttäuscht zu werden. Er erklärte mir, dass es ihn sehr überrascht hat zu erfahren, dass ich noch Jungfrau sei und er schon ein wenig davor zurückgeschreckt ist. Es hätte ihn auch gewundert, dass ich Erlaubnis von meinen Eltern einholen muss, bevor ich mit ihm in den Urlaub fliege. Es sei eine Situation für ihn, die er nicht kannte. Ich wusste nicht mehr, ob ich atmete oder ohnmächtig auf dem Boden lag. Er hatte wohl die Absicht, mit mir Schluss zu machen. Er hatte einfach Angst bekommen. Ich sollte ihn rausschmeißen. Ich versuchte aufzustehen, doch es klappte nicht. Ich konnte noch nicht einmal meine Hände von seinen lösen. Ich saß wie gelähmt da und musste ihm zuhören. „Jedenfalls möchte ich dir sagen, dass ich nur positive Seiten der Beziehung entdeckt habe und ich sehr froh darüber bin, dich als meine Freundin, Partnerin zu haben. Ich möchte auch sehr gerne deine Eltern kennenlernen und freue mich riesig, dir mein Land zeigen zu dürfen und natürlich auch meine Familie!" Hatte ich gerade alles richtig verstanden? Hat er gerade gesagt, dass er froh darüber sei, mit mir zusammen zu sein? Er steckte seine Hand in die Jeanstasche und holte zwei Tickets für die Dominikanische Republik raus. „Ich war so frei, die Tickets zu kaufen. Ich hoffe, du hast nichts dagegen?" Ich soll etwas dagegen haben? „Ich weiß, wir haben ausgemacht, eine Münze zu werfen, doch ich dachte, du solltest gleich gewinnen, denn du wolltest ja unbedingt in mein Land und ich bin dein Reiseleiter." Ich wusste nicht, was ich dazu sagen sollte, ich war so glücklich, dass ich mich nur zusammenreißen musste, um nicht loszuheulen. „Es geht in acht Tagen los, genauso wie du und ich Urlaub bekommen und wir bleiben zehn Tage. Ich hoffe, das ist in Ordnung für dich." Was sollte ich dazu noch sagen? Ich schmiss mich an seinen Hals und küsste ihn.

Ich wusste nicht, was ich genau tat, doch ich hatte das Gefühl, mein ganzer Körper stand in Flammen. Ich fand keine Worte.

Meine Hände glitten an seinem Hemd entlang und öffneten einen Knopf nach dem anderen. Benito bedeckte mich mit seinen Küssen, schaute mich an und fragte, ob ich wirklich dazu bereit sei. „Noch nie wie jetzt!", antwortete ich ihm. Er lächelte und zog den Reißverschluss meines Kleides herunter. Zum Glück hatte ich mir weiße Spitzenunterwäsche angezogen. Weiß sieht doch immer unschuldig aus, dachte ich mir. Ich musste ihm ja nicht einmal etwas vorspielen, ich war ja auch unschuldig, was den Sex betraf. Nachdem er völlig nackt vor mir stand, musste ich an Angelique denken, denn sie hatte recht, er war vom lieben Gott auserwählt worden, mich glücklich zu machen. Ich nahm ihn an meine Hand und wir gingen ins Schlafzimmer, wo er meinen BH öffnete. Ich gab mich seinen Küssen hin. Seine Hände glitten an meinem Körper entlang und er zog meinen Slip aus. Mein Atem stockte. Wieso hatte ich so lange gewartet, um Sex zu haben? Dieses Gefühl von purer Lust hatte ich so lange aus meinem Leben verbannt, dass ich wusste, dass es ab jetzt zu meinem Leben gehören musste.

Als er in mich eindrang, spürte ich einen Schmerz, der wiederum schnell wieder nachließ. Ich gab mich ihm ganz hin. Ich wollte vor Lust schreien, doch Benito verhinderte es mit seinen Küssen. Nach einer Weile begann mein Körper zu zittern. Ich war verwirrt. Noch nie hatte ich so etwas erlebt. Ich gab Laute von mir, die ich nicht kannte. Benito wurde mit seinen Bewegungen schneller, es war einfach überwältigend. Unsere Körper waren verschwitzt, unser Atem wurde langsamer. Er streichelte meinen Körper und küsste mich immer wieder. Ich zuckte bei jeder seiner Berührungen zusammen, es war so unglaublich schön. Er umarmte mich und fragte, ob es mir gut ginge. „Mir geht es großartig!", sagte ich. Noch nie in meinem Leben fühlte ich mich so gut wie heute. Ich bereute gar nichts und war froh, dass Benito und ich endlich diesen Schritt gewagt hatten.

Ich hatte mir keine Gedanken über mein Gewicht oder über meine Büffelhüften gemacht, die in den letzten Tagen deutlich sichtbarer waren. Ich fühlte mich einfach gut. Ich hatte einen Mann gefunden, der mich so mochte, wie ich bin. Er war ganz vernarrt in meine Speckrollen und fand, dass alles genauso bleiben sollte, wie es war. Er fand mich einfach toll.

Ich war in jeder Hinsicht glücklich, in jeder Hinsicht!

Bibliografische Information der Deutschen Nationalbibliothek: Die Deutsche Nationalbibliothek verzeichnet diese Publikation in der Deutschen Nationalbibliografie; detaillierte bibliografische Daten sind im Internet über http://dnb.d-nb.de abrufbar.

Herstellung und Verlag: Books on Demand GmbH, Norderstedt
ISBN: 978-3-8370-3432-5